光文社文庫

文庫書下ろし

ぶたぶたのお引っ越し

矢崎存美《ありみ》

KOBUNSHA

JN020695

光 文 社

この作品は光文社文庫のために書下ろされました。

目次

あこがれの人

今日を逃《のが》すと、次はいつになるのか。

そう思って、成実《なるみ》は町役場《まちやくば》を訪《おとず》れた。

もし相談できなくても、その時は電話をすればいい。電話もタイミングが難しいんだけど……。

受付には、成実と同世代くらいの女性が座っていた。よかった、話しやすそう。

「すみません。お約束はないんですけど、移住《いじゅう》のことで相談がありまして。お試《ため》し移住でお世話になっている新井《あらい》と申します」

「ご相談というと、田舎暮《いなかぐ》らしアドバイザーに、ということでしょうか？」

受付の人は優しい声で訊《き》いてくれる。

「はい」

「確認してまいりますね。そちらにおかけになってお待ちください」

役場はとても立派な建物で、高い吹き抜けが印象的だ。しかし、お昼休み前なのに閑《かん》散《さん》としている。訪れる人より、職員の方が多いみたい。もちろんたまたまだろうけど。

成実は歯科に来た帰りだった。かかりつけのところではないが、痛みがあるので仕方ない。役場の近くあたりで探して、飛び込みで診《み》てもらった。歯科は当たりはずれがありそうで怖《こわ》いが、幸《さいわ》い丁寧に治療してくれて、痛みもだいぶ和《やわ》らいだ。何度も通う必要もないようだ。

役場の近くにはショッピングモールがあり、昼はそこで食べて、買い物をしてから連絡する、と夫《おっと》には言ってある。車で迎《むか》えに来てもらわないと、成実は家に帰れない。バスもあるけれど、本数があまりない。今いる家から歩けない距離ではないが、少し遠い。

歯科での治療が思ったよりも早く終わり、ランチタイムには少し早かった。病院は終わる時間が読めないから、このように時間が余《あま》る時があるが、これは一人でのんびりしろ、ということか？

ショッピングモールで散策《さんさく》やお茶をする、という選択肢ももちろんあったが、成実が選んだのは、役場を訪《たず》ねることだった。

実は、ここ数日、ずっと迷っていた。

成実と夫の邦芳《くによし》は、この町に「お試し移住」をしている。移住を希望する人に町がリフォームした空き家《あきや》を貸してくれて、しばらく暮らせるシステムだ。定年退職をした夫とパートで働いてきた成実は、このシステムを利用し、一ヶ月ほどの長い旅行のような気分で滞在《たいざい》していた。

ただ、「長い旅行」と思っているのは成実だけかもしれない。夫は本格的な移住に大変乗り気なのだ。

しかし、成実はそろそろ家に帰りたい。旅行ならいい。とてものんびりできる。そろそろ八月だが、東京よりずっと涼《すず》しい。けれど、暮らすとなるとどうなんだろう。滞在して三週間ほどになる。予定ではあと十日ほどだが、結論が出ないというか、夫ときちんと話ができないことに悩《なや》んで、パンフレットに載《の》っていた「田舎暮らしアドバイザー」に電話をするかどうしようか迷い続けていた。

でも、夫が家にいる時はかけづらい。外で電話すればいいのかもしれないが、周囲が静かなので声も響くし、お隣はこちらに興味津々《しんしん》なので話を聞かれるかもしれない。

夫はけっこう一人で出かけることもあるが、その時に限って話し中だったり、ご近所の人が訪ねてきたり——「今日も電話できなかった」と思って終わったりすることも多かった。

だから、相談するなら今日だ、と思ったのだ。面接には多分予約などが必要だろうが、移住受け入れにはかなり力を入れているらしいから、渋《しぶ》っている人を放っておくとも思えない。なんとかこちらの都合に合わせてくれるのではないだろうか。

しばらくして、先ほどの女性が戻ってくる。

「お待たせしました。どうぞ、こちらへ」

そう言って、会議室へ案内された。

「失礼しますー。面接の新井さんです」

女性がノックをして声をかけると、

「どうぞー」

と返事が。

ガランとした会議室には、いくつか机《つくえ》が並び、皆それぞれ仕事をしていた。奥の方にはパーテーションに囲まれたところがある。

「こちらが面接スペースになってますので」

女性に言われて、こわごわのぞきこみながら、

「失礼します～……」

と声をかける。そこには四人がけほどのテーブルが置いてあり、椅子《いす》にはぬいぐるみが座っていた。顔と肩が少し見える程度だが、薄《うす》ピンク色だし、ぶただろうか。黒ビーズの点目《てんめ》と突き出た鼻。右側の耳がそっくり返っている。

あら、かわいい。気持ちが和《なご》む。

「どうぞ、おかけください。このままで失礼しますが」

中年男性の声が聞こえる。このままって何？　何がこのままなの？

「お茶持ってきますね」

「あ、牛島《うしじま》さん、すみません」

「いいえー」

女性がそそくさと出ていく。成実はパーテーションの中にぬいぐるみと残された。

「おかけください」

またどこからか声がする。

「え、あ、はい」

とりあえずぬいぐるみの正面に座る。隣に座るのは変だなと思ったので。

「はじめまして。田舎暮らしアドバイザーの山崎《やまざき》です」

ぬいぐるみが動いた！　椅子の上に立ち上がって、お辞儀《じぎ》したみたいに見えたんだけど！

何、どういうこと⁉

「ええと、お試しプログラムをご利用の新井さんご夫妻ですね？　成実さんと邦芳さん。成実さん、ですね？」

テキパキとした声が響くが、声に似合うような中年男性の姿はない。いるのはとにかくぬいぐるみ。前に置かれた書類を濃《こ》いピンク色の布が張られたひづめ（？）でかろうじて押さえ、読んでいるようなのだが……。

「あ、最初に言っておきますが、わたしはボランティアスタッフですんで、プロの人のようなアドバイスはできないかもしれないのですが、精一杯ご利用する方の立場に立って、ご相談に乗るつもりです」

非常に誠実な言葉が、ぬいぐるみの鼻先がもくもく動くたびに聞こえる。どう見てもぬいぐるみがしゃべっているとしか思えない。しかもとても説得力《せっとくりょく》のある男性の声で。

「それで、今日のご相談は？」

そう言われてはっとする。今日を逃すと相談できないかもしれないのに！　どうして相手がぬいぐるみなの⁉

「失礼します〜」

さっきの女性――牛島さんが戻ってきた。

「ごめんなさい、冷たい麦茶にしちゃったんですけど、大丈夫ですか？」

「あ、はい、大丈夫です」

冷たいものは今、とてもありがたい。涼し気《げ》な茶器に注《つ》がれている濃い目の麦茶が成実の前に置かれた。

「よかった。どうぞ」

「はい、ありがとうございます」

彼女から目を離さずに頭を下げる。いろいろ現実から目をそらしたい……。

すると、牛島さんは、

「今日、ぶたぶたさんでよかったですね」

「ぶたぶたさん？」

「あ、わたし、フルネームを山崎ぶたぶたというんです」

ぬいぐるみが言う。言ってるとしか見えない。

「ぶたぶたさんは解決能力《のうりょく》高いですから」

「もう～、そんなことありません、牛島さん。他の人と変わりませんよ」

牛島さんはコロコロと笑い、

「話しているうちになんとなく解決しちゃうんです。では、ごゆっくり」

そんなことを言って、パーテーションから出ていった。再びぬいぐるみと残される成実。

「麦茶どうぞ」

ぬいぐるみに言われるまま、口をつけると、香りがとてもよくて、ついごくごく飲んでしまう。ちゃんと煮出してあるのかな。そうとしか思えないくらいおいしい。こんな時でなければいろいろ訊きたいところだ。麦茶のことだけでなく！

「それで、今日のご相談は？」

ぬいぐるみはさっきと同じ質問をくり返す。

麦茶を飲み干すと、どっと力が抜けた。ぐったりと椅子に身体《からだ》をあずけてしまう。

「なんだかお疲《つか》れみたいですね」

ぬいぐるみの声に、成実はうなずく。意識していなかったけど、本当に疲れている。無理していたのだろうか。

うん、多分そうだ。ここ三週間ほど、ずっと緊張していた。このぬいぐるみを見て、びっくりして、そして……なんだか脱力《だつりよく》してしまった。いい意味ではない。投げやりな気分にも似ている。せっかくここまでやってきたのに、相手がぬいぐるみなんて！

たとえ感じのいい牛島さんが太鼓判《たいこばん》を押したとしても、どうして信じられようか。

でももう、成実には出直す気持ちの余裕《よゆう》がなかった。

「あの、相談というか……夫がなかなかわたしの話を聞いてくれなくて」

夫が、というより、もう誰に話をすればいいのかわからないから、誰かに話したい。ただそれだけだった。今、ここで話したいのだ。これ以上、溜め込みたくない。

「この移住に関してのことを、ですか？」

ぬいぐるみだけど、そんな相槌《あいづち》をちゃんと打ってくれる。それだけでいい、話してしまえ、という気分になってくる。

「はい、そうなんです……」

夫の邦芳は、以前から田舎暮らしにあこがれていた。

田舎で暮らしている人が会社の元上司《じょうし》にいたり、定年後始めたＳＮＳで学生時代の友人や先輩が移住しているのを知ったらしく、しきりと、

「いいなあ、いいなあ」

とくり返していた。キャンプやアウトドアスポーツが好きで、子供が小さい頃は海や山によく連れていってくれたものだ。

「定年後は田舎で暮らしたい」

そんなことも言っていた。歳《とし》を取った今、車で遠出しないでもふらりと遊びに出かけられる環境があこがれらしい。

しかし、成実は同意した憶《おぼ》えはない。言われるたびに、

「あたしは田舎暮らしはやだな。東京でずっと暮らしたい」

そう言い続けてきた。成実自身は田舎の生まれで、もちろん地域にもよるが、田舎暮らしの長所と短所はわかっているつもりだ。空気がよく、家の土地は広く、野菜などの物価は安い。自然の中で過ごすこと自体は好きなので、田舎暮らしができるものならしたいとすら思っている。

でも、それはもろもろの問題がなければ、の話だ。それについても常々《つねづね》成実は口にしていたし、夫も、

「だよなあ」

と同意していたはずなのだ。

だから、定年を迎えて突然、本格的に移住したい、それに備《そな》えてこの町のお試し移住プランを利用したい、と夫から打ち明けられた時は、

「本気だったの⁉」

文字どおり叫んでしまった。

「本気だよ」

真剣な顔で夫は言う。なんでも同じ町に学生時代の先輩が暮らしていて、勧《すす》められたらしい。

成実が田舎暮らしに躊躇《ちゅうちょ》する大きな理由は移動手段の問題だ。運転免許は持っているが、あまり車の運転が得意ではなく、視力も低いからできれば避《さ》けたい。これは田舎で暮らす場合、かなり支障《ししょう》になる。自分の車で自由に出かけられない、あるいはストレスを抱《かか》えながら運転するというのを考えるとげんなりする。誰かに乗せてもらうとな

ると気をつかうし、相手の負担にもなる。

それを夫にも言ったのだが、

「いや、俺《おれ》は別に負担に思わないけどね」

「あなただけに乗せてもらうとは限らないでしょ？」

彼にどこかに送ってもらって用事を済ませたあと、誰かが「送ってあげるよ」なんて言ってくれる場合もあるだろう（これは十代の頃の成実自身の経験としてよくあったことだ）。断っても別に角《かど》は立たないかもしれないが、それを想像するだけで成実のストレスになる。あまりよく知らない人と車に同乗することに緊張する性質《たち》らしい。

それに歳を取って車を運転できなくなったらどうするつもり？　と夫にたずねたが、

「タクシー使えばいいだろう？」

なるほど、それは現実的な答えだ。実際、家の者に頼れなければそうするしかないし、そういう送迎《そうげい》タクシーが商売として成り立っている。場合によっては医療費として申告もできるから、負担も軽減《けいげん》されるだろう。

「でもあたし、タクシーにも乗れないんだけど」

成実はなぜかタクシーに酔《よ》ってしまう体質なのだ。十五分と乗っていられない。電車やバスは大丈夫なので、都会ならばそれを利用すれば充分《じゅうぶん》なのだが、田舎ではどうしたものか。いや、都会だって親が介護《かいご》状態になったら、付き添《そ》いでタクシーに乗るなんてこともある。それをずっと心配していたことも、夫は知っていたはずなのに。

成実の両親は介護期間があまりなくて、たまたまタクシーに付き添う機会がほとんどなかったから、忘れてしまったのだろうか。

自分の言ったことを彼は何も憶えていないのか、とげんなりしてしまった。

それでも「お試し移住」に一緒に参加したのは、いろいろ考えてのことだ。一つは、実際に暮らしてみなければ生活そのものはわからないということ。そして、自分自身の考えが変わる可能性もあるということ。

だから、お試しをしたい、と言い出した邦芳の気持ちも汲《く》み取ったつもりだった。双方《そうほう》で歩み寄りができるかも、と。

しかし、実際にやってみたら、本人はますます盛り上がり、成実はますます萎《な》えてしまった……。空気も食べ物もおいしいし、近隣《きんりん》の人も親切だが、料理をするのはやっぱり成実だ。近所の人に野菜をもらったりした時、お返しを考えるのも成実。まあ、たいていもらったもので料理を作る。でも、そんなに得意というわけではないし、自信もないからストレスになる。相手が喜んでくれたとしても。

邦芳がキャンプに行っている間、成実はどこにも出かけられない。買い物の予定を立てて、家にいても問題ないようにしてから計画的に行動してくれれば別にいいけれども、突然思い立ったり、誘《さそ》われて（多分先輩に）すぐ出かけられることがうれしいらしく、成実のことを考えてはくれない。

お試しなんだから、お返しなんて考えなくていいのかもしれないし、相手と同じように気まぐれに過ごしてもいいのかもしれないが、クソ真面目《まじめ》な成実の性格としてそれはなかなかできない。

相手に合わせがちな自分の性格が恨《うら》めしい。

それにやっぱり、田舎の暮らしは地味にストレスを感じる。若い頃、都会に出たかった気持ちを思い出す。自分の田舎では、日々起こったことがいつの間にか近所で共有されていて、それがすごく居心地悪かった。もちろん、この土地の人が同じ気質とは限らない。でも、つい昔を思い出してしまう。自分には合わないと思って出てきたのに、どうしてまたここにいるのか、と虚《むな》しさを感じるのだ。働きたくても、やっぱり車に乗れないと通勤は無理だろう。運転に自分は向いていないし、怖いし。

だが、彼にそんな話をしても、なんだか通じないように思えるのだ。本人はとても楽しいようで、しばらくすれば成実もそういう気持ちになると本気で考えているらしい。

「このままだと別居するしかない」

そう言っても、

「もう少しいれば、慣《な》れてくるよ」

と軽く流される。こんなふうに言われるたび、ひとごとみたいに、とため息が出る。

なんで自分ばっかり苦労しなくてはならないの？

微妙《びみょう》なズレが微妙でなくなりつつある、と夫はわかっていない。それでももう少し説得したいとは思う。長年一緒に夫婦をやってきて、今まではいい夫、いい父親だった。でも生活を根本《こんぽん》から変えるのだから、歩み寄りも大切とわかってもらいたい。しかし、今までどおりで彼は充分だと考えているのだろう。移住となったら、今までどおりではないのに。

自分が言って聞かなくても、第三者が言えばわかってもらえるかもしれない――そういう期待をこめて、田舎暮らしアドバイザーに頼ったのだ。

――というようなことを、成実は淡々《たんたん》とぬいぐるみに語った。ぬいぐるみであったのが、かえってよかったかもしれない。一人でしゃべっている気分でもあった。こう言ってはなんだが「的《まと》」？　いや、「マイク」かな？　「それに向かってしゃべればいい」みたいな気持ちになっていた。

「なるほど〜」

ぬいぐるみはそう言って、鼻をぷにぷに押した。その動き、何か意味があるのだろうか？

ぬいぐるみの感情は読めない。何しろ目が点だから。でも、声にはなぜか安心できた。よく聞けばけっこういい声ではないか。

「誰にも言えなくて……」

友だちは「お試し」であってもついていったのだからもう移住するもの、と思い込んでいる人も少なくない。「行く前に話し合いなよ」とあきれられそうで、言えなかった。

「今さらこんなことで悩むなんて、と思いまして……」

「けど、決して珍《めずら》しいことじゃないですよ」

「……そうなんですか？」

「そのための『お試し』なんですよ。移住してからそういう件で揉《も》めるのは、誰も幸せにはならないですからね」

「移住してから揉めたことって、あるんですね」

「やはりご家族が出ていってしまわれるとかはよくあります。都合あっての引っ越しというより、骨を埋《うず》めるつもりの移住となると、思いも寄らないストレスがあるようですね。ここら辺は移住を積極的にアピールしている自治体《じちたい》が多いですけど、みんな同じような悩みを抱えているとも言えますよ」

家族とはいえ、同じ人間ではないので、気持ちがまったくそろうなんてそもそも無理なのだ。

「やっぱりそうですよねえ……」

「ご相談いただいてよかったです。邦芳さんとお話ししてみましょう」

「え、でも、話を聞いてくれるかわかりませんけど……」

どうもこう、はぐらかされている感じもあるのだ。

「いえ、そういうお話し合いというより、あさって、役場の者がご訪問《ほうもん》予定ですよね？」

「はい」

先週も来てくれたが、その時はまだ頭の中で気持ちがくすぶっているだけだった。

「その時にわたしも同行して、ちょっとお話ししてみます」

このぬいぐるみが？

夫の反応はどんなものだろうか。まったく想像がつかない。ぬいぐるみが役場の人間としてやってくるということを受け入れるだろうか。拒否する？　でも、それは移住をしたい彼としてはなかなかできかねることなのか？

全然わからないけど、ちょっと……面白《おもしろ》そう。夫は本は読むけれど、主にノンフィクションばかりで、フィクション、特にファンタジックなものは苦手らしい。ドラマや映画もあまり見ない。外で身体を動かすことの方が好きだ。本格的に移住をしたら庭で家庭菜園《さいえん》をやるつもりらしい。

成実は映画やお芝居《しばい》を劇場で見るのが趣味で、それも都会から離れたくない理由の一つだった。出かけた帰りに新しいカフェを見つけて、お茶を飲む。ショッピングビルで服や雑貨を見たりするのも好きだ。買い物というより散策が好きなのだ。

夫も散歩はするけれど、あくまでも体力維持《いじ》のため。なかなか同じペースで歩けない。都会にいた頃は、夫を我慢《がまん》させていたのかな、とも思う。もう少し趣味につきあってあげた方がよかったのか——いや、それはお互《たが》いさまか。

「じゃあ、お願いします」

「成実さんは、移住は希望されない、ということですか？」

「うーん……」

この町はとてもいいところだと思う。でも、ここで行動範囲《はんい》を広げようとしたら、けっこう無理をしないといけないかもしれない。それはそれで意義はあると思う。決してそれがいやだというわけではない。問題は、成実自身に乗り越えていく体力があるか、ということだ。乗り越える前につぶれる可能性が高い。情《なさ》けないけど。

もう無理ができないのだ。夫も自分も両親を見送った。子供たちも独立した。二人とも六十代で、あとはいわゆる終活《しゅうかつ》だ。自分は充分努力をしたと思う。結婚後はパートタイムでいろいろ仕事をしてきたが、ずっと働いてきたし、自分のことは二の次だった。これ以降、贅沢《ぜいたく》をしなければそれなりに暮らせるというならば、自分をもう少し甘やかしたい。映画を見て、お芝居を見て、カフェでお茶を飲んで、かわいい雑貨を一つ買う。それを月に一、二度できればいい。それ以外はまた働きたい。元気なうちはそうするつもりだ。

しかしここでは、それをすべてストレスなく叶《かな》えるのは難しい。そこまでの過程を、果たして楽しめるかもわからない。

「ここの暮らし自体はとてもいいと思うんです。けど、わたしには……合わないというか、もう生活のペースをうまく変えられないというか」

若い頃、車がないと行きたいところへ行けない、電車やバスの時間を前提《ぜんてい》に行動しないといけない、夜は歩きや自転車でも暗くて危ない、タクシーもつかまらない——それは仕方ないとわかっていたが、一度はそうじゃない生活がしたくて東京に出てきた。そしたら、帰れなくなったのだ。東京は成実の生活に合っていた。

どちらかを選ぶとしたら、やっぱり東京になってしまうのか……。少し夫に対して、罪悪感《ざいあくかん》があった。

「移住できるならしたいですけど、現実問題としては不安があります」

「老後の足は、切実ですよね……」

眉間《みけん》というか目間《めかん》にシワが寄る。ぬいぐるみなのに、非常によくわかっていそうな声だ。歳取るのかな、ぬいぐるみって。

「とにかく、あさってお話ししてみましょう」

「よろしくお願いします」

このぬいぐるみの存在が、吉《きち》と出るか凶《きょう》と出るか。


役場の人が訪問する日が来た。

といっても特別なことはない。掃除《そうじ》はちゃんとしているし、お茶を出す程度で、あとは話をして終わり。前回は三十分程度で帰っていった。

いつもどおり、いつもどおり――と成実は自分に言い聞かせる。そうでもしないと、あのぬいぐるみがやってくることを考えるだけで、妙《みょう》にそわそわしてしまう。

おとといからずっと「夫に話すべきか」と悩んでいる。

「実は田舎暮らしアドバイザーに相談した」と言ったら怒るだろうか。気を悪くするだろうか。前もって相談すること自体を言えばよかったのか。だが、ぐるぐる悩んでばかりで、それすらもためらっていた。この間は、思わぬ時間ができたので、思い切って役場に飛び込んだのだ。そういうタイミングだったのだろう。

あのぬいぐるみに、どうしたらいいか訊けばよかった。言った方がいいのか、黙《だま》っている方がいいのか……。しかし、どう言われようと結局言うか言わないかの判断は成実自身だ。人に言えと言われたから言うなんていうのも情けない。

迷ってばかりで当日になってしまい、今夫は誰か（多分先輩）と電話で話しているので話しかけられない。

ようやく電話を切った時は、もう約束の時間の三分前になっていた。

「何？」

夫に怪訝《けげん》な顔をされる。じっと見ていたのに気づいたらしい。ここで言うべきかどうするか——と考えている間に、車が庭先に停《と》まる。ああ、間に合わなかった。

でも、前回にもやってきた役場の担当・村瀬《むらせ》が乗ってきたものとは違う。同じような軽自動車だけれど——まあ、役場の車だから決まってるわけじゃないよね。

そう思いながら観察していると、あれ？　運転席に誰もいない？　まだドアは開いていないのに。

バタンとドアが閉まった音がした。こっち側から見えないドアが、だろうが、とにかく誰の気配もない。

ちょっと不安になって夫を振り返るが、彼はダイニングテーブルの上の書類をそろえていた。手持ち無沙汰《ぶさた》の時によくやるクセだ。

玄関のチャイムが鳴る。

「こんにちはー」

玄関ドアは開け放してあるが、網戸《あみど》が取り付けられているので、それだけでだいぶ涼しく過ごしやすい。その網戸越《ご》しにあのぬいぐるみ——山崎ぶたぶたの小さな姿が見える。こうして見ると、立っているにもかかわらず、とにかく小さい。いや、それより一人？　村瀬さんは？　あの車は誰が運転してきたの？

「どうした？　早く玄関を開けて——」

夫はそう言って近づくが、すぐに、

「あれ、誰もいない？」

と戸惑《とまど》ったような声を出す。多分、先週の自分と同じ顔をしている。

「開けてもよろしいですか？」

外から聞こえてきた声は、村瀬と似ている。今気づいた。彼の方がちょっと若いが。

「村瀬さん？」

夫が戸惑った顔でキョロキョロする。

「すみません、村瀬は今日体調崩《くず》しまして、わたしが代わりに参りました」

声のする下の方に目を向けると、当然ぬいぐるみがいるわけだ。

やはり言っておいた方がよかったのだろうか。「ぬいぐるみが来る」って。

でも成実が悩んでいたのは、「田舎暮らしアドバイザーの人に相談した」というのを打ち明けるべきか、だった。ぬいぐるみであることはそんなに気にしていなかったというか、言うべきこととは思わなかった。今この瞬間まで。

この場合、初対面を装《よそお》った方がいいのかどうなのか。しかし、芝居をしろと言われても無理だし。見るのは好きだけど、自分で演《や》ろうとは思わない。夫に「会ったことあるのか？」と訊かれたら、「この間の歯医者の時に――」とでも答えよう。少なくとも嘘《うそ》じゃないし。

それに……前もって言ったところで夫はちゃんと聞いてくれただろうか。昔はともかく、今は真剣な話ですら流す人なのに。立場が逆だったら、真面目なこととは思えないだろう。わたしだって信じられるかわからない。さりげなく言えるほどの話術《わじゅつ》もない。

さりげないも何も、「ぬいぐるみが来る」としか言えないんだけれど。

夫は案《あん》の定《じょう》固まっていたので、

「どうぞ、入ってください」

成実が網戸を開ける。

「あ、すみません。お邪魔します。暑いですねー」

暑さ、わかるんだ……。

「どうぞ」

自分の家でもないのに「どうぞ」って変だな、と思いつつ、リビングダイニングへ促《うなが》す。

といっても、玄関からリビングダイニングに仕切りはなく、奥にキッチンがある。小窓とカウンターがついているので、料理をしながらリビングを見渡せる。

キッチン右横の廊下《ろうか》に沿《そ》って水回り、奥に寝室というコンパクトな間取りの平屋《ひらや》だ。元々空き家だったものを改装した家だが、不自由はない。もし移住するなら、このように改装した家を借りるなり買うなりするのだ。その時にまたリフォームしやすいよう、最低限の作りになっているという。

トコトコとダイニングテーブルに向かうぶたぶたの様子に、改めて驚く。ぬいぐるみはおろかファンシーな小物もない部屋なので、一層小ささとかわいらしさが引き立つ。

「このテーブルでよろしいですか？」

「はい、どうぞ座ってください」

彼は、椅子の上にぴょんと飛び乗った。抱えていた自分と同じくらいの大きさのファイルをテーブルに置き、座面にクッションを置く。荷物のほとんどはそれか。調整用だ。用意いいな。場慣れているとしか思えない。でも、こうやって人の家に行くことも少なくないんだろう。アドバイザーだし——同じような家族の家に行く機会もあるんだろうな。

「あなたも座って」

夫にささやくと、あわててテーブルに着くが、ぶたぶたの向かい側ではなく、対角線《たいかくせん》上《じょう》に座る。村瀬さんの時は向かいだったから、無意識に避けているの？

すでに飲み物やお茶菓子などはカウンターに用意してあったので、それを出す。

「いえ、お構《かま》いなく」

ありふれたセリフをこのぶたぶたが口にすると、特別なことのように聞こえる。だいたいどうやって食べたり飲んだりするのか。役場ではそんな様子は見せなかったけれど。

「すみません、急な変更で。わたくし、山崎ぶたぶたと申します」

そう言って名刺《めいし》を出す。ぬいぐるみらしくかわいいものではなく、実用的で素《そ》っ気《け》ない字ばかりのもの。

「村瀬さんの代理です。一応役場の方から『田舎暮らしアドバイザー』として委託《いたく》されておりまして。ボランティアなんですけど」

主に夫へ話しかけているが、反応があまりない。ショックがまだ続いているらしい？

「前回同様、アンケートとこれまで住んでみてのご感想をお聞きしたいと思っております」

夫がやっぱり反応しないので、

「はい、アンケートはこれです」

夫が書いていたものを差し出す。成実の意見はあまり反映されていない。

それを見て、

「邦芳さん」

ぶたぶたは夫の名を呼ぶ。夫の肩がびくっと震《ふる》えた。顔を上げたが、目が泳いでいる。

こんな夫、初めて見た。

「いかがですか、三週間ほどお住まいになってみて」

「えーと……」

目の前のぬいぐるみからの質問とは信じられない、という顔をしている。

妙な沈黙《ちんもく》が流れる。

「では、あとでお聞きしましょうか。成実さんから――」

「あのっ」

夫が突然口を開いた。

「はい？」

「……どうやってここに来たんだ」

「それはわたくしに対する質問ですか？」

夫は首を縦にぶんぶん振る。

「車で来ましたが」

「車⁉」

声が裏返っている。

「運転してきたって言うの？」

「はい。ちょっと特殊《とくしゅ》な車ですけど」

特殊な車って⁉　成実もちょっと驚《おどろ》いた。何か特別な力で動くものとしか思えない！

「いつも運転してるのか!?」

「してますよ。普通に」

普通……この人というか、ぬいぐるみにとっての普通とは……？

そんなことをぐるぐる考えていた成実に、夫が向き直る。

「こんなぬいぐるみだって運転できるっていうのに、君はどうしていやがるんだ！」

「えっ!?」

夫の突然の叱責《しっせき》に、成実は言葉も出ない。

何、どうしてあたしが今、そんなこと言われなきゃならないの!?

ぶたぶたを見ると、彼も驚いているようだった。点目の大きさが変わっているとは思えないのに、なぜかわかる。

「く、邦芳さん……」

なだめるようにぶたぶたは声をかけるが、

「車の運転なんて、慣れですよね！」

そう言われて、

「いや、あの……」

としどろもどろになる。

「妻は、車の運転が嫌《きら》いだから、ここには住みたくないって言うんですよ」

「そういうことじゃないって何度言ったらわかるの！」

思わず成実も声を荒《あら》げてしまう。

「山崎さんが運転できるとかできないとかは、あたしには関係ないことなんだよ」

ここに住むと決めたのなら、あたしだって車の運転に慣れるようがんばる。けど、それしか選べないわけじゃないのに、夫はあたしにそれを選べと言う。選ばない権利だってあるというのに。

それがいやだってずっと言ってるのに！　そういうことを踏まえて充分な話し合いがしたいだけなのに！

「あなた、本当にあたしの話聞いてないんだね」

「聞いてるから困ってるんじゃないか」

「あたしの妥協《だきょう》は、ここにお試しで来ることまでで、移住するかどうかは要《よう》相談って言ったじゃない」

「ここまで来てそんなこと言うなよ！」

やっぱりなし崩しにしようと思ってたんだ。本音《ほんね》が出た。なんでこんな……お金も手間も心労《しんろう》もかかることを簡単に決心できるっていうの⁉

少なくとも手間と心労のほとんどは成実に押しつけようと思っていたに違いない。ふところは寒くなるだろうが、それは彼にとって趣味に注ぎ込んでいるようなもの。今まで大して趣味につきあっていなかった成実をつきあわせる理由がわからない。

「あの、落ち着いてください――！」

ぶたぶたはあわてていた。牛島さんが「彼なら大丈夫」みたいなこと言っていたが、まさか自分が原因でこんなケンカに発展するとは思わなかったろう。なんだか悪いことをしてしまったような……。

「かえってよかったかもしれません」

成実はぶたぶたに言う。

「この人の本音《ほんね》が知れて」

「本音ってなんだよ」

憮然《ぶぜん》とした声で夫は言う。

沈黙が流れる。気まずい。とても気まずいが、成実は声を荒げてしまったことへの自己嫌悪《けんお》に苛《さいな》まれていた。もっと冷静に話したかったのに。でも、うちら夫婦になんの関係もない、ボランティアで来てくれたぶたぶたをダシにする言い方が気に食わなかったのだ。明らかに成実を責《せ》めるための口実《こうじつ》を探していた彼の都合にぴったりハマっただけ。村瀬だったらそんな扱いはしなかったはずだ。小さくて弱そうで、ぬいぐるみだから利用してもかまわないと思ったのだ。

それってとっても失礼なことだよね。

「ええと……お二人の主張は、承知《しょうち》いたしました」

かなりの沈黙のあと、ぶたぶたが言う。すごい強《きょう》メンタルの持ち主だ。自分なら、そそくさと帰ると思う。

夫はぶたぶたに目を向け、なんだかまたギョッとした顔になった。「どうしてここに⁉」みたいな顔。今さら？

突然彼は立ち上がり、寝室へ向かい、引き戸をピシャリと閉めた。現実逃避《とうひ》だろうか？

「なんか……すみません」

その背中を見送り、ぶたぶたがしょぼんとした様子で言う。心なしか耳も下がっているような。

「いえ、ぶたぶたさんのせいじゃありませんよ。巻き込んでしまってこちらこそすみません」

「これではアドバイザーと言えないですね……」

「……揉めるのは珍しくないんじゃありませんか？」

「そうなんですけどね……」

言葉の濁《にご》し方の裏に「こんな理由でケンカされたのは初めて」みたいな気持ちが見え隠れする。

「あたしも夫には何も言ってなかったので……。役場に相談をしたということは、事前に言っておいた方がよかったんでしょうか」

「いや、それはどっちがいいとは言えませんし、言ってないから悪いとかそういうのもないと思いますけどね」

「夫が気を悪くするんじゃないかと思って……」

拗《す》ねるなんてことはあまりなかった人だったのに、この件に関してだけはなんだかむきになるというか。

「どうしましょうかねえ……」

二人でそんなことを言っていると、夫が寝室から出てきたが、足を止めないまま外に出ていく。

あっけにとられていると、車の音が聞こえる。黙って出かけることも、今までなかったのに。

先にこっちが出ていけばよかった。元々荷物は備え付けのタンスなどに移し替えず、旅行カバンから出し入れしていたのだ。これと、普段使いの財布《さいふ》やスマホなどを入れた小さなトートバッグがあれば、いつでもここから出ていけたのに。まだバスのある時間だし、天気はいいのでバス停まで歩いても大したことはない。追いかけられると面倒だけど。

「今日はこれから買い物に行く予定だったのに……」

何事もなければ。

「お送りしましょうか？」

「そうですね……」

このくらいの時間なら、バスがあるうちに帰ってはこられるが——いや、それでは何も解決しない。

「ちょっと待っててください」

成実は、寝室で荷物をまとめた。ほんの数分で済む。

「じゃあ、駅まで送っていただけますか？」

買い物は駅前ではなく、車で十分ほどのショッピングモールへ行くのだが、成実はとりあえず東京の家に帰ろうと決心した。一人になってゆっくり考えたい。

ぶたぶたは成実の荷物にちらりと目線を送り（なんでそんなことわかる？）ながらも、

「わかりました」

と言った。詮索《せんさく》はしない。大人の対応だ。

外に出ると案の定、うちの車はなかった。ぶたぶたはさっさと自分の軽自動車に乗り込み、

「どうぞー」

と声をかけてくれる。成実はぶたぶたの車の助手席に乗り込み、シートベルトを締《し》めた。そこでようやくはっとなる。ぬいぐるみの運転⁉　さすがに頭に血が上《のぼ》っていたら

しく、そんなこと考えもしなかった。

しかし、今さらやめるわけにはいかない。失礼だし。だいたいここまで普通に運転してきたんだから、少なくとも成実の運転よりはマシなのではないか。

……口に出さないからって、どっちにしろずいぶん失礼なこと考えてるけど。

ぶたぶたはかなり高く補整《ほせい》した運転席でエンジンをかける。手元ですべて操作できるようになっている車だった。いろいろカスタマイズもされているようだ。なるほど。これならぬいぐるみでも運転できる。……できるのか？

いや、ちゃんとできた。成実は今、彼の車で田んぼの間の広い道を爆走《ばくそう》している。もちろんスピードは常識的なものであったが。

彼の運転はすごく気になるが、じっと見ているのも失礼なので、成実はむりやり前をじっと見つめていた。

「駅まででよろしいんですよね？」

「はい。やはり一度家に帰って、頭を冷《ひ》やしたいんです」

いくらなんでもここまでして移住を強要するとは思えないし、少しは夫も考えてくれるだろう。考えてくれるはず。

「わかりました」

ぶたぶたは特に意見はしなかった。町側の人間としては残念に感じるだろうに。ボランティアとはいえ、中立《ちゅうりつ》の立場になろうと考えているのかもしれない。

あっという間に駅前に着く。都会はたいてい駅前が栄《さか》えているけれど、この町で一番栄えているのは、車で行く大型ショッピングモールだ。すごく広くて、なんでもある。駅前にはコンビニと小さな喫茶店《きっさてん》くらいしかない。昔はにぎわっていたそうだけれど
(ご近所さんに聞いた)。

電車の時間までまだあるので、喫茶店で休むことにする。ホームで待つには暑い。

「送っていただき、ありがとうございました」

「いえいえ、なんのお力にもなれなくてすみませんでした」

ぶたぶた、ペコリと二つ折りになる。身体柔らかいな。

喫茶店の前で頭を下げ合っていると、店のママらしき女性が顔を出す。

「あら！　ぶたぶたさん、時間あったら寄ってってってよ！」

「あ……」

ぶたぶたが成実に目を向ける。彼は、こっちに気をつかってそのまま帰るつもりだったのだろう。

「あの、お時間あったら、お茶でもなんでもごちそうします」

「いえ、そんな……」

ぶたぶたは遠慮したが、成実とママを見比べて、

「じゃ、カウンターでちょっとコーヒーいただいてもいいですか？」

どうぞ、と自分が言うのも変だな、と思い、成実は会釈《えしゃく》して喫茶店のドアを開けた。

ぶたぶたはカウンターの端《はし》の席、成実は窓際《まどぎわ》の席におさまり、おいしいコーヒーを飲んだ。駅の周辺にあまり来なかったことを後悔《こうかい》するほど、香り高い味だった。

ぶたぶたはママと静かにおしゃべりしていた。他もみな常連《じようれん》みたいだ。だって、ぶたぶたに誰一人として驚かなかったし。

のんびりと時間が過ぎていく。とてもいい店だ。

心地いいから名残惜《なごりお》しかったが、そろそろ駅に行かないと、でもちょっと早いかなと思っていたところに、何やら騒《さわ》がしく入ってきた男性が。一人の声がやたら大きい。二人ほど成実の背後の席に座る気配がした。

「コーヒー二つ、早く持ってきて」

横柄《おうへい》な感じで注文を済ませる。静かな店内なので、声がほんとよく響く。成実の隣の席に座っていた男性が顔をしかめた。

なんだかずいぶんと自慢話《じまんばなし》ばかり。聞きたくないのに、耳に入ってくる。だって声が大きくて、丸聞こえなんだもの。成実は背中合わせだから、余計《よけい》だ。

「まったく、そんなんだからなめられるんだよ」

相手はそれに対して何か言っている気配はない。うなずいたりしているだけなのかな。

「決めたことなんだろ？　だったらそれをガツンと言ってやればいい」

「でも先輩……」

ようやく相手の声が聞こえた。小さい。気弱な感じ。

「だって、ここまでついてきたんだから、承知してるも同然じゃないか。まだ抵抗《ていこう》してるの？」

やっぱりもう駅に行こうかな。こんなにうるさい声を聞いているのなら、駅の暑いホームで待っていた方がまだいいかも。

「お前は昔からそうだよなあ。だからその程度の女房《にょうぼう》しか捕《つか》まえられなかったんだよ」

なんかほんとひどいこと言ってるけど？

「…………」

相手の人が何かボソボソ言っている。

「え？」

「……女房のことを悪く言わないでください」

言い返した！

「だって、お前のやりたいことを反対してるんだろ、ひどいやつじゃん！」

〝先輩〟と呼ばれた男は、さらに声を張り上げる。

「別にひどいことは言ってないです。あっちにも言い分があって――」

「それが口答えっていうことだろ？」

「違いますよ」

そう言った相手の人の声に、成実ははっとする。まさか。そんな――。

「そんな甘いこと言ってるから」

男が鼻で笑った瞬間、成実は振り返った。

〝先輩〟と向かい合って座っている夫と目がばっちり合う。

「えっ⁉」

夫は驚きの声を上げた。〝先輩〟が振り返って、二人を見比べる。

「誰？」

夫にたずねると、彼は小さな声で、

「妻、です……」

と言った。

「えっ、なんで⁉　買い物に行ってるって言ってなかった⁉」

「いや、買い物か家にいるかと思って……」

「あたしが東京に帰るなんて思ってなかったってことだね」

成実が言う。

「なんでここに来られたの？」

焦《あせ》ったような夫の問いに、

「ぶたぶたさんに送ってもらったから」

わざと名前を言ってみた。だって、こっちの名前の方が誰だか夫にもわかりやすい。

「ぶたぶた……？」

二人とも怪訝な顔になる。

「あ、わたしです」

いつの間にか席の横にぶたぶたが立っていた。

「駅まで車でお送りしました」

夫と〝先輩〟が驚愕《きょうがく》の表情になる。〝先輩〟は仕方ないとしても、夫はさっき会ったのに。もう忘れてる?

「あ……!」

〝先輩〟は、さらに声を上げる。

「お久しぶりです、寺沢《てらさわ》さん」

ぶたぶたの知り合い?

「新井さんは、寺沢さんの後輩の方だったんですか?」

「いや、あの……」

寺沢、と呼ばれた男性は立ち上がった。

「帰るぞ。送ってけ」

夫に声をかける。彼は肩を震わせ、動かない。

「申し訳ないのですが、お断りします」

代わりに成実が言った。

「え……？」

成実から何か言われると思っていなかったのだろう。寺沢はとても驚いた顔をしていた。ぶたぶたを見た時よりも、驚いているようだった。

「わたしたちはこのまま帰りますから、車には乗せられません」

外の駐車場にうちの車が置いてあった。

「え、でもそれじゃ足が……」

「駅前ですから、タクシーもあります」

ちゃんと停まっているのは、ここからでも見える。

「あんたが運転するわけじゃないだろう？」

ふーん、知ってるんだ。

「ええ、でも『うちの車』ですから」

ことさらに強調して言ってみた。

「おい、なんとか言え」

寺沢は夫に詰め寄ったが、

「すみません、先輩。今日は送れません」

その返事に、彼は舌打ちをする。

「あとでタクシー代請求《せいきゅう》するからな」

その言葉に、喫茶店のママが、

「ケチくさい男だね」

と吐き捨てた。寺沢は驚いたように目を見開き、ママをにらんだが、彼女はまったく怯《ひる》まない。周囲を見回し、自分の味方になろうという人はいない、とやっと気づいたのか、真っ赤になって、喫茶店を出ていった。

微妙な雰囲気《ふんいき》になってしまったので、成実は立ち上がり、

「お騒がせして申し訳ありませんでした」

と頭を下げた。すると、隣に座っていた客の男性が言う。

「奥さんは何も悪くないけど。それより旦那《だんな》がなんか言うべきじゃないの？」

その声に、夫ははっとなる。やはり赤い顔をして立ち上がり、

「すみませんでした……」

そう消え入りそうな声で謝《あやま》って、頭を下げた。その姿は、まるで叱《しか》られた子供のようだった。

店内の人たちもそう思ったのだろうか。雰囲気が元に戻った。さっきまでのことがなかったかのように。

「帰りましょう」

成実は夫に声をかけた。彼はそっとうなずくと、入り口へ向かう。

「ぶたぶたさん、ありがとうございました」

成実の声に夫が振り向く。また驚いたような顔をしながらも、頭を下げた。

「いえ、何もしてませんよ」

確かに彼は何かしたわけではない。ただ、「車で送ったのは自分だ」と言っただけだ。でもそれだって言う必要のなかったことなのに。

「あの……寺沢さんのこと、知ってるんですか？」

夫がぶたぶたにたずねる。答えるのに躊躇しているようだったが、その代わり、

「ぶたぶたさんは言えないよねえ。あの人、移住してきたけど、奥さんが出てっちゃったんですよ。それに怒って、役場で騒ぎ起こしたの。ぶたぶたさん、蹴《け》っ飛ばされたん

だから」

ママが言う。

「まあ、そういう噂のある人ってことです。この店にいる人はみんな知ってるけど、ぶたぶたさんは守秘義務《しゅひぎむ》あるから何も話しませんよ」

田舎の情報ネットワークは侮《あなど》れない。役場では誰に見られているかわからないし。


家に帰るまで、夫は無言だった。何か考え込んでいるようだった。

成実は努《つと》めて普通にしていた。問い詰めたい気持ちもあったし、このまま何も言わなかったらそうするつもりだったが、とりあえず今は待った。

もっと腹《はら》を立てていたら強く言うこともを考えただろうが、なんだか妙に冷静だった。ぶたぶたの顔を思い出すと、ちょっと気分が落ち着くような。

家に着き、お茶をいれて二人で飲んでいる間に、夫がぽつぽつと話し出した。

「あの人は、高校の部活の先輩の寺沢さんで――」

部活のエースで、とても華《はな》やかなのに気さくで、あこがれの人だったらしい。家が比較的近所だったので、よく遊びに誘われ、一緒にいると自分のステータスも上がるように思えたという。

そのあとの進路は別々になったので、四十年以上没交渉《ぼっこうしょう》だったらしいが、高校の同《どう》窓会《そうかい》のために参加したSNSで「再会」をしたらしい。

「そしたら、先輩がこの町に移住したってことがわかった。その時、『高校生の頃から田舎に移住したいって言ってたよな』って言われて」

「言ってたの？」

「わからない、そんな昔のこと。言ってたとしても本気じゃなかったと思う。でも、先輩は『お前が田舎に移住したいっていうのがずっと心に残ってて、それがきっかけで俺も移住した』って言ったんだ」

成実はこの話がどこへ向かっているのかわからなくなってくる。

「それで『お前も移住してこい』って言われた」

それで？　何がそれでなの？

「誘われたってこと？」

「まあ、表向きはそうだけど……」

夫はうつむいてしまった。

「実際はほぼ脅迫《きょうはく》みたいなものだった」

「どうしてそうなるの？」

わからない。移住した先輩に勧められただけではないの？

「理由はわからないけど——先輩にそう言われると、言うことをきかないといけない気がしてくるんだ。高校三年の時に、先生がおかしいと気づかなかったら、俺はずっと先輩に——洗脳《せんのう》され続けていたかもしれない」

「洗脳⁉」

なんだか話が大きくなってない⁉

「洗脳は兄貴《あにき》が言ってたことだけど」

言い訳のように続ける。夫には四つ上のお兄さんがいる。

「先生はどうして気づいたの？」

「本当は国立《こくりつ》も狙《ねら》えるのに、頑《かたく》なにある大学一本しか受けないって言い張ってたから。先輩には、

『親に志望校言うな』

って言われてた。嘘の大学名言えって言われてたから、そのとおりにしてたけど、先

生にはバカ正直に言ってしまって。そしたら、親にあっさり連絡が行ってバレた」

どうも寺沢先輩は、自分の行った私大よりレベルの低いところを受験させようとしていたらしい。

「先輩に『ここの大学受けろ』って言われると、『そのとおりだな』と思ってしまうんだ。自分一人じゃ対処できなかった。誘われるとつい行ってしまうし」

「どうやって絶縁《ぜつえん》したの？」

「兄貴の大学の後輩に、寺沢さんのお兄さんがいたんだ。その人の協力もあって、以降は没交渉になった。先輩に会わなくなったら、すぐに元に戻ったって兄貴が言ってたよ」

成実はまだすべてを飲み込めていなかった。そんなことってある？

「そんなにあこがれの人だったの？」

夫はうなずく。成実は寺沢先輩の容姿を思い出そうとしたが、夫と同年代男性のぼんやりとした印象しか浮かばない。赤ら顔で少し太り気味と思ったたくらいか。

「会ってる時は。ＳＮＳで再会した時も、やっぱりすごい人だって思った。自分が実現できないことをしてると思ったし」

「田舎暮らししてるってこと？」

「うん」

「それは確かにすごいけど……他にもそういう人いるって言ってなかった？　会社の上司とか」

「……うん」

「その人もすごいんじゃない？」

「……そうだな。でも先輩ほどすごいと思わなかった」

「なぜ!?」

「わからない……」

夫は戸惑ったように首を横に振る。

成実にもよくわからないが、純真《じゅんしん》な高校生の時に刷《す》り込まれた気持ちがあったからなのだろうか。離れていれば影響はないけれど、接触《せっしょく》すると元に戻ってしまう。夫は素直な人だ。そこは大きな長所でもあるが、人を信じすぎる傾向《けいこう》も多少あった。それは本人もわかっていて、何か決める時は必ず家族や信頼している人に相談する。そこまで含めての長所だと思っているが、こと〝先輩〟に関してはそれが働かないらしい。高校

生の頃に寄せていた「信頼」が〝先輩〟に対してとても強いのだろうか。六十代なのに、
二人の関係性は高校の頃から変わっていないのか。

「こっちでよく出かけてたのは、その先輩と？」

「うん。誘われて……」

「ソロキャンプに行ってるのかと思った」

「一人で行きたかったけど、チャンスなかった。全部先輩と一緒だった。でも、ソロキャンプも同然だったな。俺が全部やったから」

「先輩はその間、何してるの？」

「座って酒飲んでる」

ああ──……運転手が必要だったわけね──とは言えず。

「噂はほんとなの？　奥さんが出ていったって」

「先輩は『追い出した』って言ってた」

「子供は？」

「もう何年も会ってないって言ってたなあ」

「それは何が原因なの？」

そうたずねると、夫はふっと遠い目をした。

「ひどく生意気《なまいき》な子供に育ってしまった、女のくせに——って言ってた」

そのひとことで、状況を充分察せられる。

「話を聞いてるとおかしなところが多くて。けど、疑《うたが》ったら悪いなってずっと思ってたから」

成実には、先輩が夫のそんな気持ちを利用したとしか思えなかった。奥さんも子供もいない一人暮らしだし、家事ができる夫は好都合だったろう。近くに住まわせてパシリにしようとしていたとしか考えられない。

「今まで先輩の言うことに反発したことがなかった。君の言うことも『本心じゃないから』っていう先輩の言い分を信じてたんだ、すまなかった。喫茶店で言ってたようなこと、いつも言われていたのに、反論《はんろん》もしなかった……」

「じゃあ、なんであの時、反論したの？」

夫はまたしばらく考えていたが、

「あのぬいぐるみが——」

まだ戸惑いが含まれているような声で言う。

「——先輩と比べたら、あのぬいぐるみの方が『すごい』って思ったから」

そう言われて、成実は思わず笑ってしまった。ぶたぶた、すごい。わかる。

「ぬいぐるみなのに、車の運転もできるし……ボランティアとか、すごいなって」

そのあと、寝室にこもっていた時に先輩から電話をもらい、出かけたのだが、

「喫茶店に行く前に話してる時から、『あれ、あまりすごくない……？』って思い始めた。だから、反論できたんだと思う」

洗脳？　が解《と》けたってことなんだろうか。成実のあずかり知らぬところで解決されてしまったみたいな。

でも、このまま本当に何も知らず、ぶたぶたも現れなかったら、いつの間にか夫婦仲に亀裂《きれつ》が入り、別居や離婚にまで至ったかもしれない。それを考えるとぞっとした。

相談してよかった——それもたまたまあの日で。他の日だと別の人だったかもしれない。ボランティアだから、毎日いるわけではない、とぶたぶた本人が車の中で言っていたから。

成実は、夫に気づかれないように、ほっと息をついた。

結局、予定の一ヶ月を待たずに、二人は東京の家へ帰った。移住は当然、白紙《はくし》だ。夫曰《いわ》く、先輩とはあの日以来、連絡を取っていなかった。SNSの更新も途絶えている。友だち登録も、解除したらしい。

これからは成実も注意するつもりだが、そんなに心配はしていなかった。もうあの人は、夫の「あこがれの人」ではない。

東京に帰る日、役場に挨拶しに行った。担当の村瀬が、

「この町に少しでも住んでいただけたのがうれしいです」

と言ってくれたのが申し訳なかった。迷惑をかけたのはこっちなのに……。

せめてものおわびに、農協《のうきょう》の農産物サブスクを申し込む。毎月、厳選された特産野菜が届くのだ。他にもおみやげをたくさん買った。食べ物は本当においしかったので、通販をたくさん利用しようと思う。

ぶたぶたはその日役場にはおらず、ちょっと残念だったが、高速道路に乗る前に駅前へ回ってもらった。喫茶店の駐車場には入らず、店内が見える駅のロータリーに停止する。

喫茶店の窓際にぶたぶたが座っているのが見えた。コーヒーを飲んでいる。あの時も、

「どうして飲めるんだろう」と思っていたが、今もやっぱりそう思う。

　夫は喫茶店に入るのにためらう。あんな気まずい時間を過ごしたのだから、仕方ないかもしれない。

　どうしようかと話しながら、窓際でコーヒーを飲むぶたぶたを見ていると、こちらに気がついてくれた。耳がぴくっと動いた気がしたが、やはり気のせいだろう。

　こちらに向かって軽く会釈をしてくれる。多分、成実たちが東京に帰ることは聞き及んでいるに違いない。

　この町に住めば、彼と仲良くなれたかもしれない。それだけは残念だった。

　そうだ。

「あとで手紙を書こうよ。おわびとお礼の」

「そうだな……」

　ぶたぶたにも、この喫茶店にも。村瀬にも。お隣さんたちにも。

　いつかまた会いたいって、書こう。

告知事項あり

一度は東京に住みたい、と柚木詠斗《ゆずきえいと》は密《ひそ》かに思っていた。

単なるあこがれだが、就職《しゅうしょく》先を東京にする勇気はなく、大学卒業後に入った会社でしばらく働いていた。しかしその後、いくつか資格を取り、できる職種が広がった。そのタイミングで、大学時代の先輩から、東京で興《おこ》した事業が軌道《きどう》に乗ったので手伝ってほしい、と誘われた。

二十代後半――年齢的にもこのタイミングを逃すと、故郷から出にくいかもしれない。つきあっている人もいないし、親も元気だし、田舎にこだわる理由もない。実に身軽だ。貯金もあるから、会社は思い切って辞《や》めた。とにかく東京に住居を探し、引っ越さなければ。そんなにのんびりもしていられない。

しかし、調べると東京は家賃《やちん》が……高い。貯金があるとはいえ、そんなに贅沢はできない。比較的《ひかくてき》安い物件は条件に合わない。ネットの不動産《ふどうさん》情報サイトでの相場《そうば》なので、足で探せば違うのかもしれないが、そんな時間はないのだ。この際、周辺の環境や治安《ちあん》、駅からの距離とかに目をつぶるにしても、それにしたって高い。

これはもう、シェアハウスとかにして様子を見るしかないだろうか。でも、向いてない気がするし、入居《にゅうきょ》してみないとどんな人がいるかわからないし……。

最初の段階でつまずいてしまった――としょんぼりしながらもしつこく探していたら、なんと格安《かくやす》の物件を見つけてしまった！

内部もとてもきれいだし、駅からも近い。スーパーやコンビニも充実《じゅうじつ》している。商店街もある。病院や学校も周辺にあり、全年代に便利な物件だった。

え、こんなに安くていいのかな。

念のため、周辺の家賃を調べたのだが、明らかに違う。異様に安い。どういうこと？

不安になって、親に相談してみると、

「それはいわゆる『事故《じこ》物件』というやつじゃないの？」

と言われた。

調べてみると、今どきはそうは言わず、「告知事項《こくちじこう》ありの物件」と言うらしい。その物件になんらかの問題があり、契約《けいやく》をする場合はそれを必ず相手に伝えなければならない――それが告知事項だ。

物件情報をよく見ると、確かにそう書いてある。しかし、内容まではわからない。賃《ちん》貸《たい》では主《おも》に、物件自体の問題はないが、入居者の自殺や殺人事件などがあった心理的《しんりてき》瑕《か》疵《し》（初めて知った言葉だ）が多いみたい。

昔は誰かにしばらく住んでもらえば告知事項はリセットされる、みたいに言われていたが、今はそういうことはないらしい。その反対に、事故死、病死などの孤独死《こどくし》は、著《いちじる》しく腐敗《ふはい》してしまった時などを除《のぞ》いて、省《はぶ》かれるようになったという。一人暮らしは誰でもそういう可能性あるもんな……。

そういう物件は避けたい、という人はもちろんいるだろう。でも、この安さはかなり魅力的《みりょくてき》だ。

何より、詠斗はいわゆるそういうことに鈍感《どんかん》なのだ。霊感《れいかん》とひとことで言ってしまうのもはばかられるが、まあ、そういうたぐいの察《さっ》する感性というか……。

実は、以前友人たちと旅行に行った時、いわくつきのホテルに泊まったことがある。不安になるほど安かったが、素《す》泊《ど》まりの値段だったし、寝るだけだからいいか、と予約して、四人で泊まった。ところが、友人三人は到着するや否《いな》や、みな口をそろえて、

「妙な雰囲気がする」

と言う。その言葉どおり、寝ている間にラップ音がしたとか、誰かが廊下を歩いている足音が聞こえたとか、金縛《かなしば》りにあったとか、ふとんの中で足を引っ張られたとか——極《きわ》めつけは、壁の絵の下に御札《おふだ》が貼ってあった、というもの。

友人たちはもう「二度と泊まらない！」と泣きそうだったが、詠斗だけは何も知らずグースカ寝ていた。音にも反応せず、金縛りもなく、妙な雰囲気も感じ取れず。安くてお得《とく》〜、としか思っていなかった。のちに調べると、どうもその部屋では以前殺人事件があったそうで——「お前は鈍《にぶ》すぎる！」とさんざ言われたが、しょうがないじゃんか……。

この手のことは他にもあるのだが、そんな体質（？）こそ、こういう時に役に立てなくては！

そうは言っても、他にもいい条件のところがあるかも、と思いながら、いくつか物件を見るために（もちろん先輩との打ち合わせも兼《か》ねて数日時間を取って）東京へ赴《おもむ》く。

例の告知事項ありの部屋担当の不動産屋さんが言うには、住人の男性は処方薬《しょほうやく》を大量に摂取《せっしゅ》して亡くなっていたという。五十代で、病気だったらしい。

「自殺……ですか？」

詠斗の問いに、

「どちらとも判断できなくて……警察では事件性のない事故として処理されてますが。遺書《いしょ》がないから事故だろうと」

そういうものなのか。間違って薬をたくさん飲んでしまったことも、ありえる。告知事項は死因ではなく、発見が遅れてしまったことであると、不動産屋さんはひととおり説明してくれた。部屋はしっかりきれいにして、匂《にお》いなども今はないと言われる。

告知事項が特にない物件もいろいろ見たが、やはり家賃が高い……。家賃の安いところは、すごく日当たりが悪かったり、すごく狭《せま》かったり、すごく古かったり、すごく治安が悪そうだったり——それらにがっかりする方が具合悪くなりそうだった。一応、ストレスは感じるのである。

そのストレスよりも、例の告知事項あり物件に住む方が楽そうに思えた。だって、部屋自体はとてもきれいで、日当たりもいいし、静かだし、広いし、駅からも近いし——そして、家賃が安い。告知事項以外は、条件をすべてクリアしているのだ。

「ここにします」

詠斗の決断に、

「そうですか」

不動産屋さんはほっとしたような顔をしていたけれど、それは気のせいだろうか。

それから一気に慌《あわ》ただしくなった。入社の時期に合わせて、引っ越しの予定を立てる。実家からなので、ある意味楽なのかもしれないが、初めてのことなので勝手がまったくわからない。

家族、特に母親には「そんな安い家賃のところで大丈夫なの？」と心配される。

「大丈夫だよ。前に入ってた人は事故で亡くなったんだって」

「ふーん。どんな事故？」

「薬のオーバードーズ」

そう言ったら、絶句《ぜっく》していた。

「そんなの、余計に心配じゃない！」

と言われたが、何を気にしているのかわからない。

「じゃあ、家賃補助《ほじょ》してくれんの？」

と訊いたら、答えを濁す。ほら、そうじゃん。

家具や家電《かでん》は、ほとんどもらいものか中古《ちゅうこ》で最低限、手に入れた。自分で買ったものはパソコンとスマホくらい。それらも、今回のために買ったわけじゃないし。

まあ、あとは追い追いそろえていけばいいだろう。とにかく引っ越すことが先決だ。

東京に住む初日は、とても暑い日だった。

初夏の時期ではあるが、ちょっといきなり暑すぎないか？　いや、これが有名な東京の夏？　田舎の暑さとは違うな！　情緒《じょうちょ》のない暑さだ。自分に元々情緒なんてないけど。

不動産屋さんから鍵をもらい、引っ越しのトラックが来るのを待つ。諸々《もろもろ》の手続きもその間に連絡して済ませる。

特に異変は感じない。とてもきれいで、明るいし。夜になると違うのかな。

暑いし、電気が通るまでもう少しかかるので、玄関のドアを開けて換気《かんき》をしていた。どうせトラックが来たら荷物入れるので開けっ放しになるし。

スマホであちこちに連絡している時、ふと玄関の方を見ると、白っぽい何かがすーっと動いていくのが見えた。

「えっ？」

思わず声が出てしまう。この部屋は一階の奥から二番目の部屋で、通りすぎるとしたら奥の部屋の住人なのだが、人ではなかった。とても小さい。小さすぎる。

こういうことか！　これが「告知事項」か！

初めてのことで、詠斗は怖いと思うより、ちょっと興奮《こうふん》していた。だって！「お前は鈍すぎる」と言われてばかりだったから！　ちゃんと見えたし！　鈍感じゃねえし！　友だちに電話して訴《うった》えたいくらいだった。が、めんどくさいのでやめた。これからトラックが来るし。

一人で盛り上がっていたら、ドアから引っ越し屋さんの帽子《ぼうし》をかぶった人が顔を出した。

「おはようございます、柚木さんですね。トラック着きました。搬入《はんにゅう》よろしいですか？」

「あ、はい、お願いします！」

荷物がどんどん運び込まれる。すごく手際《てぎわ》がいい。詠斗は荷物の場所を指示するだけだ。しかし荷物自体が少ないので、すぐ終わってしまう。

嵐《あらし》のような忙しい時間はあっという間に過ぎ、引っ越し屋さんが帰って一人になってから、ようやくさっきのことを思い出す。

小さな白っぽい物体が、外の廊下を通りすぎていった。

ん？　それってこの部屋には関係なくない？

いやいや、ドアの前に立っているだけでも、もし幽霊《ゆうれい》だったら――きっと怖い……のかもしれない。さっきは特に怖くなかったけど。

外の廊下に出て、ぐるっと見回すが、特に怪《あや》しいところはない。ような気がする。いまいち自信が持てないが、だからといってヤバい状況になったことはない。霊感とかはないが、普通の危険は人並みに検知《けんち》できる。普通の危険ってなんだ。日本語変だな。

でも……確かに早すぎる死は気の毒なことだが、それで霊になることは怖いことなんだろうか。本人が一番悲しいだろうし、気持ちというか、未練《みれん》が現世に残っても無理はない気がする。もちろん何が怖いとか平気とかは、生理的なものだとどうにもできないし、霊みたいなものを怖がる人がたくさんいるのもわかっている。

ちなみに詠斗が一番怖いものは蛇《へび》だ。霊より蛇。東京は蛇が少ないと聞くので、多分大丈夫。森も近くにないし。田舎では油断しているとナチュラルに遭遇《そうぐう》するので、夏の草むらには近寄れないほどだったのだ。

とにかく内も外も不審《ふしん》な点はない。蛇もいない。はず。

うーん……まあ、いいか。とにかく部屋を片づけなくては！

といっても、あまりものはないのだ。衣類用のタンス、ソファベッド、押入れ用に衣《い》装《しょう》ケース、もらいもののテーブルと実家から強奪《ごうだつ》した人をダメにするクッション。母親からはカーテンを持たされた。

「サイズ合わなくてもつけなさい」

カーテンなんて考えもしなかった。

「これから冬になると寒いよ」

エアコン備え付けだし、冬までまだだいぶあるから平気じゃね？　と思ったが、言われたままつける。案の定サイズは全然違って長い。でも別にいいか。

タンスにものを入れたら、だいたい片づけは終わってしまった。ノートパソコンで動画が見られるし、テレビも元々あまり見ないからいらない。洗濯《せんたく》もコインランドリーが近所にある。食事はしばらく外食かコンビニで済ませればいい。

ホテルに毛が生《は》えたくらいの暮らしだな、と思う。けど、掃除は自分でするんだよな……。母親から持たされたコロコロでなんとかなるか。

あっ、そうだ、引っ越しの挨拶もしなくては。挨拶用のタオルをちゃんと実家から持ってきた。これも母親に――って、ちょっと情けなくなってきた。もう少ししっかりしたい。

とにかく……今どきのご挨拶はむりやり顔を合わせなくてもいいらしいとのことで――不在《ふざい》なら手紙入れて郵便受けに入れておけばいいって不動産屋さんに教えてもらった。ちゃんと手紙も印刷してきたのだ。ネットで調べたテンプレな文章だけど。

一階なので上と両隣に挨拶しなければいけない。上と手前の隣は不在だった。あとでポストに入れておこう。

「山崎」という表札が出ている奥の部屋のチャイムを押すと、

「はーい」

と男性の声の返事があった。ちょっと緊張する。全部ポストに入れればよかったかも、なんて思ってしまう。そうだ、その方が面倒がなくてよかった。失敗したー。

「あの、隣に越してきた柚木といいます」

しかしチャイムは鳴らしてしまったので、名乗る。

「あ、はい、ちょっとお待ちください」

少して、ドアが開いた。しかし、そこには誰もいない。

「あれ？」

「下です、下」

言われるままうつむくと、そこには小さなぬいぐるみが立っていた。薄いピンク色のぶただ。足先に濃いピンクの布が張られている。突き出た鼻、右側がそっくり返った大きな耳。バレーボールくらいの大きさだろうか。そんなぬいぐるみが、こっちを黒ビーズの点目で見上げている。

詠斗は思わず後《あと》ずさった。

「あ、ありがとうございます」

何お礼言ってるの？と思ったら、詠斗が持っていたタオルをぬいぐるみが受け取っていた。渡した憶えはない！いや、手がショックでぶらりと下がったのか……？

「柚木さん、ですか。よろしくお願いします」

ペコリとぬいぐるみが頭を下げる。まるで折れ曲がったみたいに。そのタイミングで、奥からガタガタッと変な音が。ひっ。喉《のど》がひきつって、

「あ、ええ……」

意識していないのに、声が出た。

「あっ」

ぬいぐるみが奥の方に目を向けて、小さく叫ぶ。鼻がぴょんっ！　と上がった。

「ごめんなさい、ちょっと火を使っていたので、失礼しますね、素っ気なくてごめんなさい」

ぬいぐるみがそう言うと、ドアが閉まった。

呆然《ぼうぜん》とそのドアを詠斗は見つめる。

今のは何？　何を見た？　幻覚《げんかく》？　火を使ってる？　どういうこと？

昼間見た小さい白いものにも似ているような気がしたが……まさか、同じものじゃないよな？　大きさ的にはぴったりだけど……。

疲れてるのかな。

……多分そうだ。引っ越しやら、その手続きやら、慣れないことばかりの数日を過ごしたんだから。しかも、明日からは新しい会社に出社しなければならない。

あまり悩んでもいいことあるとは思えない。今日は早く寝よう。そうだ、それに限る。

詠斗は急いで部屋へ戻り、ベッドに潜り込んで目をぎゅっと閉じた。

次の日の朝の目覚《めざ》めは、さわやかだった。

ちゃんと時間どおりに起きられた。実家から出るということは、すべて自分で管理をしないといけないということだ。朝、一応自分で起きていたが、ここでは起きてこなくても誰も気にしてくれない。

朝ごはんは昨日買っておいたエネルギーバーをかじり、途中のコンビニで牛乳を買って飲みながら駅へ向かう。

会社は古いビジネスビルの三階にある。外から見ると本当にボロボロに見えるのだが、社内はとてもきれいに、そしておしゃれにリフォームしてあった。おお、景気《けいき》がいい——と率直《そっちょく》に感じた。前にいた会社は、細かいところがほったらかしで、見えないようにごまかしていたが、ここはすみずみまで手入れが行き届いている。

「よく来てくれたなー。ほんと助かるよ」

先輩も、社員の人たちも温かく迎え入れてくれた。みんな明るく意欲的《いよくてき》で、人も会社自体も、とても余裕ある雰囲気だ。

一日、二日、三日——最初の一週間は慣れない仕事を必死になって憶えることで終わった。

　社内には笑いがあふれ、とてもおおらかで、だが集中する時は集中する。会議は極力短く、しかし要点を過不足《かふそく》なくまとめて話し合う。新しい便利なものはとことん利用する。社員全員から意見を聞き、積極的に採用《さいよう》する――うまくいっている会社は違う、と本気で思った。というより、田舎で勤《つと》めていた会社の雰囲気は、今考えればすごく悪かった。ずっとそこにいるとそれが普通になるから、まったくわからない。いやな上司もたくさんいたが、あのままいたらそんな人間になっていた可能性もあった。それを考えると、ぞっとしてしまう。

　もちろん、今の会社にだって欠点はあるだろう。でも、詠斗には合っていそうだ。前の会社よりもストレスがないのは確かだし。

　東京は、駅の構造や乗り換えは複雑だが、とにかく間隔《かんかく》がなくすぐ電車が来るという点では楽だし、フレックスや在宅ワークなどで調整も利《き》く。自分のペースがつかめれば、さらにストレスが減りそうだ。

　そんなこんなで、あっという間の一週間だった。忙しいが、充実していた。隣人のことは、すっかり忘れていた。あれ以来、何も目にしていなかったからだ。

だから、帰ってきて玄関を開けようとしたとたん、隣の部屋からぬいぐるみが出てくるなんて思ってもみなかった。

ドアが開いた、と気づいたので何気なくそっちを見ると、ぬいぐるみがこっちに点目を向けていた。

「あ、こんばんは」

普通に挨拶される。その時気づいた。声だけなら、四十代のおじさんではないか。この間は、そんなことわからなかった。え、忘れていた？

挨拶の言葉に反射的に会釈をしたが、実際には声も出なかった。なんだこれ。この間の出来事は夢じゃなかったの？　でもこのヴィジュアルは憶えていたというか、瞬時《しゅんじ》に思い出すほどのインパクトがある。

「暑いですね〜」

暑い？　暑いってわかるのか？　裸《はだか》ですけど……裸だから？

「へ、へあ……」

返事というより、変な声が漏《も》れた。

「では、失礼します」

そう言って（多分。鼻が動いていただけだが）、ぬいぐるみはまたペコリと折れ曲がり、スタスタと行ってしまった。通路の灯《あか》りの下から、夜の闇《やみ》の中へと。

誰もいなくなった通路に詠斗は一人残された。突然、蛍光灯《けいこうとう》が「バチッ」と音を立てて、一人で飛び上がる。悲鳴《ひめい》が出そうだったが、夜中なので我慢する。

そう、今は夜中なのだ。あのぬいぐるみ、どこに行ったの⁉

いや、小腹が空《す》いたり眠気覚《ねむけざ》ましとかでコンビニに何か買いに行く、というのは普通の行為だ。普通の人なら。

人じゃねえし。ぬいぐるみがコンビニに行くって、変じゃね⁉

……とりあえず部屋に入ろう。ここにいてもしょうがない。

部屋の中はずっと閉め切っていたので、もわっとしていた。冷房をすぐに入れたいが、まずは換気をしなくては。

玄関に入ると、まず台所があり、その右手にユニットバス。奥に八畳ほどのフローリングがある。台所の上部にある換気用の小窓と部屋の窓を開けるとすごくよく風が通る。母親に言わせると、こういうのは暑い時期にありがたいとのことだ。

「東京の夏は、すごく暑いって言うじゃないの！」

とにかく風通しのよいところを選べ、と言われたが、母親の忠告は的を射《い》ていた。とはいえ、ここを選んだらたまたまそうだっただけで、換気用に窓がある部屋なんてほぼなかったなあ。

買ってきた食材を冷蔵庫にしまったりしていたら、廊下からガサガサとビニール袋の音がする。小窓を開けているので聞こえるのだ。

はっとなって動きが止まる。

台所の前をすーっと音が通り過ぎ、隣の部屋のドアが開閉する気配がした。

どう考えても、さっきのぬいぐるみがコンビニから帰ってきたとしか思えない。だって、ビニール袋の音はしたけど、足音はなかった。ぬいぐるみの姿を思い浮かべる。手足には、濃いピンク色の布が張ってあるだけで、足音なんか絶対にしなさそう。あと、ビニール袋なんて持ってたら地面についてしまうと思うのだが。

……いろいろ考えていたら、なぜか風呂に入るのが怖くなってきた。でも、入らないと気持ち悪い。なるべく早く済ませるしかない。少し疲れているから、久しぶりに湯船《ゆぶね》に浸《つ》かろうかと思っていたのに。

まあ、普段もたいていシャワーで済ませているから、大した違いはない。そう、違いなんてないのだ。いつもどおり、いつもどおり。

そう言い聞かせながら、詠斗は窓を閉め、エアコンをかけて、風呂場《ふろば》へ入った。小さい頃、怪談話《かいだんばなし》を怖がる同級生のことを、すごく不思議に思っていた。その気持ち、今なら少しわかるかも。特に髪を洗っている時、背後が気になる。もしいつの間にか立っていたらどうしよう。足音しないし……！

とにかく速攻《そっこう》で風呂を済まし、部屋に戻るとちょっとほっとした。さっきエアコンを入れたばかりだから、そんなに冷えていないが、風呂上がりだから充分温度差は感じる。ゆっくり風呂に入って、もっとキンキンに冷えた頃に出る予定だったのに……まあ、それはしょうがない。

買ってきた惣菜《そうざい》をつまみにビールを飲んでいるうちに、だいぶ気分も落ち着く。翌日が休みということでだんだんテンションも上がり、ゲームやったりネットを徘徊《はいかい》して夜ふかしをして、いつの間にか寝落ちしていた。

だいたいそんな感じで、毎日仕事ばかりしていたのだが、たまーに例のぬいぐるみに出くわした。

そのたびに、こっちは挙動不審《きょどうふしん》になる。

そして最近、少し気になっていることがある。ぬいぐるみに会う時は、いつもこっちが一人、ということだ。

これは自分の行動する時間にひと気がないから、とも言えるが、もう少し人がいてもいいのではないだろうか。しかし、このアパートは基本的に単身者のみらしく、引っ越した時の挨拶も、結局顔を合わせたのはあのぬいぐるみだけだった。みんな忙しくて時間帯が合わないのだろう。

東京に出てきたばかりだから、知り合いは会社の人だけだし、友人と呼べる人もまだいない。コンビニやスーパーの人と顔見知りにすらなっていない。もしかして、アパート近辺では住人とすれ違っているのかもしれないが、顔を知らないから結局誰とも会っていないも同然だ。アパート内で会わない限り、住人とは思わないもんな。あ、大家さん（優しげなおばあちゃん）とは挨拶くらいする。でも離れたところに住んでいるらしいし……。

つまり、このアパート内で顔を知っているのは、あのぬいぐるみしかいないということなのだ。だから、他の人に会わなくても（会っている認識がなくても）、そんなにおかしいことではないのかもしれない。

そう考えると、それほど気にする必要はない、と思えるが……まあつまり、気になっているのは、「見えているのは自分だけではないか」ということなのだ。

はっきり言って、「告知事項」はこっちだろ、とやっぱ思うんだけど。「ぬいぐるみが隣に住んでますよ」とひとこと言ってくれさえすれば——。

でも、それっていわゆる家賃とかとは関係ないか……。この部屋の告知事項じゃないよね。普通に家賃を払って住んでいる人のことを、別に告知する必要なんてもちろんないんだから。

人によっては詠斗だって、「あんなのが隣にいるなんて」と言われることもあるかもしれない。ぬいぐるみだからって差別はいけない。いけないけど……ぬいぐるみなんだよなあ。

それとも、やっぱり自分にだけそう見えているだけなのかな。

とはいえ、そんなに頻繁《ひんぱん》に会うわけでもなく、最近は詠斗も一応返事ができるようになった。挨拶を交わす程度の時間しかないので、話とかはほぼできないんだけど。

そんなある日、久しぶりに田舎の友だちから電話がかかってきた。同窓会があるということで、わざわざ知らせてくれたのだ。といっても、オンライン飲み会である。

「なんか聞いたんだけど、そこ事故物件らしいじゃん」

親が言ったな。知られても全然かまわないが。そういえばこの友だちは、例のホテルで一緒に泊まった奴だった。

「うん、そうらしい」

前の住人に関して、多分死因とかを訊かれる予感がしたので、最初から曖昧《あいまい》に答えておく。あまり吹聴《ふいちょう》しない方がいいよな。俺には関係ないんだし。

「らしいって……気にならないの？」

「うん、別に」

これは本音。

「何か心霊現象とかは……？」

「いや、特にない。でも、隣にぬいぐるみが住んでる」

電話の向こうが沈黙する。

「……え？」

余計なこと言ったかな、と思ったが遅い。つい口が滑《すべ》ってしまった。

「え、その部屋じゃなくて、隣……？」

「うん」

「隣も事故物件なの？」

「いや、ここだけだけど」

「え、何もないの、そこは？」

「うん、普通」

まあ、あまり部屋にいないが。

「……ちゃんと眠れてる？」

「普通に寝てるよ」

寝つきも寝起きも昔からいい。いったん寝たら、なかなか起きない。しかも会社で昼寝してもかまわないと言われているので、トータルの睡眠時間はけっこう確保できているのだ。

「そうなんだ……。え、忙しすぎるとか？」

「忙しいは忙しいけど」

仕事自体は面白いので。

「知らない間にストレスためてない？」

「うーん、前の会社の方がストレスあったなあ」

社長が変わったら、あからさまに社内がギスギスしてきたのだ。それが辞めるきっかけというか、気づきになった。元々人間関係の距離が近い上にギスギスしたら、それだけで出勤するのもいやになる。今の会社は、ほどよい距離感で、今のところは楽だ。

「大丈夫か、詠斗。そう思い込んでるだけじゃないのか？」

「そんなことないって」

「……あのさ、さっき言ってたぬいぐるみって、着《き》ぐるみ着てる人ってこと？」

「いや、小さいやつ。バレーボールくらいかな？」

また沈黙が。やっぱり言わない方がよかったのかな？「俺の前にしか現れない気がして」なんて言ったら、もっと変に思われるよなあ。

「そ、そうなんだ……」

友だちは少し笑ったけれど、なんだか空々《そらぞら》しい。

そのあとは、オンライン飲み会の話に変わっていったが、最後に、

「何かあったら、すぐ連絡しろよ。絶対だぞ」

と念を押されて電話を切った。

この部屋のことなら大丈夫だと思うし、ぬいぐるみに関しても気にはなるけど、こっちは何もできない。

あっ、ぬいぐるみの幻《まぼろし》を見るほど激務《げきむ》だと思われたのかな？　そこまで忙しくはないはず……あるいは、この部屋の影響が隣に現れているとか？

いや、それも……こじつけというか、そんな広範囲に影響を及ぼすものなんだろうか。

「広範囲」ってこの二部屋だが。

とにかく、友だちが心配しているのはわかった。親には言えないな。もっと心配させてしまう。

そしてこれ、誰にも言えないけど……幽霊なんかより、あのぬいぐるみの方がちょっと怖いのだ。だって見えるし、しゃべるし。まあ、ちょっとだけ、なんだけど。

それから、相変わらずそのぬいぐるみとはたまに挨拶をする程度の仲だった。

仲？　仲と言えるのか。単なるご近所さん、と思えるくらいにはなった。最初の違和《いわ》感《かん》というか、「怖い」（恐怖《きょうふ》までではいかない）気持ちは頭の隅《すみ》っこにはあるのだが、いちいちびっくりしないくらいには慣れた。

そんなある日、会社から帰ってきて、部屋でのんびりゲームをしていると、ドアがノックされた。

出てみると、やはり目の高さには誰もいない。もしや、と視線を落とすと、そこには隣のぬいぐるみが。

「こんばんは」

「……こ、こんばんは」

思い切り噛《か》みながらも、なんとか挨拶を返す。

「あのう、実は夕食を作りすぎてしまいまして——もしよければ、食べに来ませんか？」

衝撃《しょうげき》だった。なんというか……現実にこんなシチュエーション、今どきないだろ。お隣から夕飯に誘われるとか、おかずのおすそわけとか、平成《へいせい》か！　いや、昭和《しょうわ》か⁉　これが女性からの誘いだったら、どこの○○（自主規制）かと！　いや、昭和なんて何も知らないから雰囲気だけだけど！

まあ、かわいさでいったら、フィクションにも負けていないが、ぬいぐるみだし、詠斗自身はいまだにほんのり怖いし。

「あ、え……」

挨拶はできるけれども、会話となると頭がバグるのか、まだうまくできないのであった。それに、その誘いに乗れるほどの心の準備ができていない。夕食を一緒になんて、いったいいくつ山を越えればいいのか。

「あ、ご迷惑だったらいいんです」

詠斗の返事は待たず、ぬいぐるみは濃いピンク色の布が張られた短い手をぶんぶんと振る。

「失礼しました、おやすみなさい」

ドアが静かに閉まる。詠斗はしばらく呆然と玄関で立ち尽くす。

なんと返事をすればよかったのだろうか。ちゃんと断ることもしなかったけれど、顔がそう言っていたのかもしれない。断る以前に、フリーズしていたというのが正しいが。

そういえば、手作りの温かい食事をしばらく食べていない、と思い当たる。外食はもちろん温かいけれど、実家で親の作ったものとは違う。自分は料理ができないし、コンビニやスーパーで買ったものを電子レンジで温めたりはするが、味はいつも同じだ。

さっきドアを開けた時に、ちょっとカレーの香りがする、と思ったのだ。もしかしてカレーだったのかな。カレー……大好きでよく食べるけど、外で食べるものとおうちカレーはまったく違うものだよな……。

でも、あのぬいぐるみが「作った」って言ってたよね？

詠斗は腕を組んで、思いっきり首を傾《かし》げた。それってありえるの？ ぬいぐるみがカレー作る？ いや、カレーかどうかはわかんないけど。

そのままどのくらい玄関に突っ立っていたのか——はっとなって、奥の部屋に戻る。ゲームの続きでもしよう、と思ったが、全然集中できない。

こういうところなんだよな。隣のぬいぐるみが苦手な理由。会うと、際限《さいげん》なくぼんやりと考えてしまう。そのたびに「深く考えてもしょうがない」みたいな結論（？）に至り、あきらめるのだが、また会うと今度はまた別の疑問が出てくるので、結局考えてしまう。

なんというか、時間泥棒《どろぼう》なところがある。ひまつぶしのゲームや動画は余裕で切り上げられるが、あのぬいぐるみは詠斗に時間を忘れさせる。点目で何考えてるかわからないから、何言われても意外だし。

それが怖い。どう対処したらいいのかさっぱりわからないところも。割と決断力があるし、何事も計画どおりやってきた人間だし、それでうまくいってきたと自負していたから。

何を選ぶかで迷ったり、後悔したりもほぼなかったので、こういう逡巡《しゅんじゅん》に慣れていないのだ。

……誘いに乗ってみてもよかったんだろうか。

そういうことを何度も考えてしまうのがいやだった。考えてもしょうがないことだとわかっているから。

なんだろうな……本当に疲れているんだろうか。

ぐるぐると考えることにはマジで疲れたので、もう今日は寝ることにする。

夢にぬいぐるみが……出てくるかと思ったが、そういうこともなくぐっすりと眠る。

朝起きて、出勤の準備をしていた時、ふと頭に浮かんだのは、

『あのぬいぐるみは、いつから住んでいるのかな』

だった。

その日は、またまた忙しくて、深夜に帰宅した。

急いでシャワーを浴《あ》び、眠くてたまらないので、そのまま寝てしまう。横になったとたんに意識を失うように。明日は有休《ゆうきゅう》を取ったので、たっぷり寝られるなー。

そのまま朝までぐっすり——だったらよかったのだが、夜中にパッチリ目が覚める。

なんだか暑い……。

エアコン、効《き》きが悪いんだろうか。温度高くしてたかな。

リモコン、どこだっけ——と手を伸ばすと、

「あれ……」

なんだか腹が痛い……。

何か悪いものでも食べたかな。これで目が覚めたんだろうか。まあ、腹を壊して夜中にトイレとお友だちになることも、たまーにあることだ。多分、出すもん出したら治《なお》るだろう。

起き上がろうと仰向《あおむ》けになったら、痛みが増して、思わず、

「痛《いた》っ、いてててて……!」

と声が出た。え、何この痛み……起き上がれないんだけど。

とりあえず横向きに戻した。すると、少し痛みがやわらぐ……ような気がする。この状態で動けるようになるまで待つしかないだろうか。

ところが、痛みはどんどん増してくる。一向にやわらぐ気配がない。お腹《なか》がぐるぐる言っている様子はあまりないのに、横向きでも痛くなってきたので、恐る恐る仰向けになる。しかし、ほとんど変わらない。あれ？　もう一度痛みに耐えながら体勢を変えても、全然だめだ。

「ううっ……」

痛みに我慢できず、うめき声も漏れてしまう。動くと痛い。動かなくても痛い。どうやっても痛い！

頭がくらくらして、脂汗《あぶらあせ》が出てきた。なんでこんなに痛いの？　昼間何かしたかな？　何食べた？　必死に思い出そうとするが、痛みが思考を邪魔するようになってきた。何か考えようとしても、痛くてしばらくうめいている間に忘れてしまって最初に戻る。

ぜえぜえ言って、またおそるおそる体勢を変えている時、突然気づいた。

腹が痛いと思っていたのだが、違う。腰が痛い。右の腰が、やたら痛い。

腰、腰って……昼間、キャビネットにぶつかったけど。そんな強くなかったはずだが、まさかそのせい⁉　打ちどころが悪かったというやつ⁉

いや、ほんとに軽くだったんだけど、こんなに痛くなるなんてある⁉　朝になったら病院行った方がいいかな？

などと考えている間にも、痛みはさらに増す。

え、これ、ちょっとヤバくない？　こんなに痛いのなんて、普通じゃないよ。いまだかつて、経験したことない、想像を絶する痛み。痛すぎて、なんだか怖くなってきた。

もしかしたら俺、死ぬのかも。

頭をよぎる思いに、全身が震える。そしてさらに痛い。

救急車呼んだ方がいいかも、と思って枕元《まくらもと》に手を伸ばすと——スマホがない。

ええっ⁉　どこにやった？　いつもならここに置いてあるはずなのに！

もしかして失《な》くした？　落とした？　会社に置いてきた？　ダメだ、全然思い出せない。とにかく、ここにないことだけは確かだ。

ということは、救急車呼べない。どうしよう！

助けを呼ぶ？　どうやって？

「…………！」

声が出ない。痛くて声が出せないのだ。そのくせ、うめき声はあがる。もうその声を誰かに聞いてもらうしかない？

今何時だろう？　外は暗い。真夏だし、こんなに暗いから真夜中なんだろう。人なんて外にいない。こんな弱々しい声では、外には届かない。閉め切っているんだから！

とにかく、玄関ドアまで行って、なんとか助けを呼ぼう。這《は》いずるくらい、できるんじゃないか――。

か、身体が動かない……。

けど、このままだとほんとに死ぬ！　これ絶対死ぬ痛みだ。こんなに痛かったら、普通死ぬだろ!?

ずるずると寝返りを打つようにして移動する。わずかに動くが、体勢によっては痛みが増して、しばしうめいて中断する。

うう、これではいつ玄関にたどりつくのか。たどりついても、そのあとどうするの？

もう一度声を出そうとするが、

「た、たす――！」

腹に力を入れると、腰が痛い。どちらかといえば右の腰だが、もうどこだかわからない。腰というか、とにかくそこら辺《へん》、前も後ろも痛い。どこか一箇所が痛かった気がするが、今は身体の真ん中ら辺が全部痛い。

それでも声を出せそうな時は声を出すが、たいていまともな言葉にならず、「たあっ（「助けて」の意）」とか「きゅうっ（「救急車を」の意）」とか、結局意味ないことばかりを大きなため息程度の声量でしか言えない。

そうだ、もしかして家の中にスマホがあるかもしれない。たとえば、かばんの中とか。パンツのポケットとか。出したつもりになっただけかもしれない。昨日は眠くて、何やったか憶えていないくらいだから。

ずりずりとかばんを置いたと思われるところへ移動するが、なんなの、ほんと数センチしか動けないんだけど！　動くたびに刺すような痛みが身体中を駆け巡る。

あれ、もしかして気づかないうちに刺されてなんていないよね？

ショックで声も出ない。いや、元々出せないくらい痛いけど。

でも……でも、こんなのおかしい。意識を失いそうなくらい痛いなんて、普通じゃない。何か異変が起きているとしか思えない。

電車も駅の構内も混んでいたけど、いつもと何も変わらないと思っていた。もう東京にも慣れたと思っていたけど、そんなことなかったの⁉　それとも、寝てる間に⁉　東京怖い……なめてた……全然慣れてなかった。錯覚《さっかく》だったのか、全部。

なんだか悲しくなって、涙が出てきた。痛くて泣いているのか、悲しくて泣いているのかもわからない。しかも、頭はずっとくらくらしてるし、なんだか気持ち悪くもなってきた。何……何が起こってるの？　このままほんとに意識を失ってしまうの？

そしたら、ほんとに俺死んでしまう。

涙と鼻水がどばどばあふれて、嗚咽《おえつ》も漏れる。だめだ、あきらめちゃ。だって死にたくない。

ずりずりと少しずつ、玄関を目指す。もうスマホを探すのはあきらめた。頭が回らないんだもの。とにかく外に出れば……なんとかなるはず。

だが、痛みは想像をはるかに超えてくるし、胸や腹はどんどんムカムカしてくる。痛みに気が遠くなる。ダメだ、もう俺は死ぬ……。

「大丈夫ですか？」

突然、頭の上から声がした。

顔を上げると、ぬいぐるみの鼻の先が見えた。どうやって入ったの⁉

しかし、詠斗は何も言えなかった。

「痛い、いたたた……！」

顔を上げたせいなのか、激痛が走る。

「救急車呼びましょうね」

ぬいぐるみはそう言うと、スマホを取り出した。スマホ……俺のじゃない……ぬいぐるみなのにスマホ……。

「もしもし、救急車お願いします」

電話の向こうの人と住所などを冷静にやりとりをしている。

「――ええと、部屋で倒れて――意識はありますが、とても苦しそうです。痛みなどはありますか？」

最後のところは自分への質問だとわかったので、首を縦に振るが、

「ぐがぁっ！」

腰に、腰に響く！

「腰に痛みがあるようです」

なんでわかるの⁉　と思ったら、自分で腰を手で押さえていた。

ぬいぐるみは電話を切ると、

「すぐ来るそうです。保険証《ほけんしょう》とかありますか？」

「げ、げんか……」

保険証は財布の中にある。そして財布は確か帰ってきた時、玄関の靴箱の上に置いたはず。

「はい、財布です。スマホも置いてありました」

いつの間に取りに行ったのか（もう時間の経過もわからない）、ぬいぐるみは詠斗に財布とスマホを差し出したが、

「ポケットに入れときましょうね」

そう言って、ハーフパンツのポケットに二つとも突っ込む。

「痛みはどうですか？」

「い、いた、です……」

まともに声も出ない。

「何か痛み止めとか飲みました？」

「熱とかは？　体温計はありますか？」

「な、ない、で……」

ぐはあっ。また痛みが襲《おそ》ってきた。なんで話しかけてくるの？　答えるのもひと苦労なのに！

それともこれこそ幻？　だってなんでぬいぐるみが俺の部屋にいるの？　本当はいないの？　救急車も呼んでくれてない？　これは痛みで意識を失った自分が見た夢？

いや、もしかしてこの死にそうな痛みも夢で、目を覚ますと身体もなんともなく、「変な夢見たなあ」で終わるのかな……？

などと考えている間に、救急車のサイレンが遠くに聞こえてきた。しかし、近づく前に消えてしまう。うう、違う救急車だったの⁉

「多分、住宅街に入ってサイレン消したんですよ、夜中ですからね。すぐ到着しますよ。もう少しだからがんばって」

とぬいぐるみが言う。

彼が言ったとおり、数分もたたずに玄関から救急隊員が入ってきた。

「柚木詠斗さんですか？」

「は、はい……」

なんとか返事できた。

「今すぐ病院に運びますからね」

そう言われて、担架《たんか》に乗せられた詠斗は、安心したのか、意識を失ってしまった。

気がつくと、病院のベッドに寝かされていた。というか、担架からベッドに移動して、目が覚めた。

痛い。やっぱり痛い。あれ、でもさっきよりもいいかも……気持ち悪さが緩和《かんわ》されてる！

「意識戻りましたね。柚木詠斗さんですか？」

「はい……」

まともに返事できたけど……不安。

当直《とうちょく》のお医者さんの問診《もんしん》を受け、

「じゃあ、血液検査《けんさ》と尿《にょう》検査、レントゲンも撮りますねー。立てますか？」

「やってみます」

さっきまで立てなかったのに、ちゃんと立てた。痛いは痛いけど、さっきよりだいぶいい。救急車呼ぶほどではなかったのかな……。

しかし尿検査したら、カップに真っ赤な尿が！　何これ‼　おしっこほとんど血じゃん！　本気でヤバくない⁉

またまいがしてきた。うう、気持ち悪い……。でも、痛みはそれほどでもないので、気持ち悪さを我慢しながら検査を済ませ、待合室に戻ろうとしたところで、また激痛が！　廊下に倒れ込んでしまう。さっきより痛いんですけど！　まだ上があったの、あれの⁉

「痛いですか？」

看護師《かんごし》さんが訊くけれど、口がぱくぱく動くだけで伝えられない。それでも充分わかったようで、たちまちベッドに寝かされた。

「はい、じゃあ痛み止め入れますね」

そう言われて、点滴《てんてき》が用意され、痛みに悶絶《もんぜつ》している間に座薬《ざやく》も入れられ、痛み止めの錠剤《じょうざい》も飲まされる。

　しかし、一向《いっこう》に痛みは引かない。痛みでかなんなのか、身体が震える。ベッドの上で変なポーズのままうめいていると、さっきのお医者さんが現れた。

「柚木さん、尿管結石《にょうかんけっせき》ですね」

……尿管結石？

「おしっこを排出《はいしゅつ》するための管《くだ》に小さい石ができて、管を傷つけながら移動するんで、すごく痛いんですよ」

「石……小石くらい？」

　直径《ちょっけい》一センチくらいの？　と指で形を示す。これは確かに痛そう。が、

「いえいえ、柚木さんのは三ミリくらいですかね」

「三──！」

　ミリは痛みで言えない。そんなに小さいのに、なんでこんなに痛いの!?

「管が狭いですからねー」

　まるでこっちが何言いたいのかわかっているかのようにお医者さんが言う。

「表面もギザギザしてて、ガリガリ削《けず》ってるみたいなものなので、痛いんですよ」

　血尿はそのせいか……。

「小さいので、水分摂《と》って、自然に出した方がいいでしょう」

「ええー、何も――」

しないんですか、と続けられず。

「痛み引かないみたいなんで、痛み止めの注射《ちゅうしゃ》打ちますねー」

温度差がありすぎる、と思いながら、もう注射の痛みも感じられない。いや、嘘です。注射は痛かった。違う痛みだった。

「尿管から膀胱《ぼうこう》、そして尿道《にょうどう》から外に出ますんで、場所によっては痛くない時もありますし、もっと痛くなることもあります」

「えー……」

もう抗議《こうぎ》の声さえ出ない。

「今日は痛み止めを出しておきますけど、明日泌尿器科《ひにょうきか》に改めてかかってくださいね」

そう言ってお医者さんは去っていった。自分がどこに寝かされているのか、何時なのかもわからないまま、詠斗はじっと横たわり続ける。すると、少しずつ痛みがやわらいできた。痛み止めが効いてきたのか。バンザイ。ものすごい量入れてようやく効くってなんなんだ。でも、やっとひと息つける……。

なんか疲れた……。疲れないわけない。あんなに痛かったんだもの。しかも、また痛くなるかもって？　なんなのその恐ろしい予告《よこく》は。痛み止めは一種類で効くっていうの？

頭がぼうっとしてきたのは、薬が効いたせいなのかな……と思っていたら、いつの間にか眠っていた。

はっと目覚めると――あれ、もう痛くない……。

おそるおそる身体を起こす。なんかカーテンに囲まれたところに寝ていた。外からなにやら小さな話し声も聞こえる。

身体をひねってみたりしたら、多少は痛いというか、痛みの名残みたいなものはあったが、全然動ける。あんなに痛かったのに。「死ぬかと思った」が冗談じゃなかった。てっきり自分はもう死ぬのだと覚悟《かくご》していたくらい痛かったのに。

「あのう……」

カーテンを開けて、声をかけてみた。

「あ、お目覚めですか？」

看護師さんが気づいて、近づいてきた。

「すみません、今何時ですか……？」

「朝の六時半です」

何時間ここで寝ていたのか、さっぱりわからない。

「ここ、どこでしょう？」

救急車まかせだったから、わからない。看護師さんが答えた病院名も知らない。けどまあ、ここら辺の病院の名前は全然記憶してないけど。

どうやって帰ったらいいのか、と頭を抱えたら、ゴトッと何かが床《ゆか》に落ちた。あっ、俺のスマホ！

そういえばこれは、あのぬいぐるみが入れてくれたもの……。詠斗がポケットを探ると、記憶にあった財布だけでなく、部屋の鍵まで入っていた。ええっ⁉ 全然憶えがない。どうやって入れたの？

「あの、スマホ使ってもいいですか？」

「いいですよ〜。通話は廊下でお願いしますね」

いや、マップを調べるだけ。今いるところと自宅がどれくらい離れているかというと

——あれ、近い。この距離だと、歩いて十五分くらい？

今なら全然歩ける気分だ。昨日のあの苦しみが嘘のよう。

「すみません、帰ります」

「じゃあ、受付で会計してってください。診察《しんさつ》の予約も取れますからね。お大事に。水分たくさん摂ってくださいね」

あっさりと送り出され、案内に従って夜間の受付へ行く。その時ようやく、自分がTシャツとハーフパンツのあまりに簡素な服装であることに気づく。しかも、このサンダルは何？　俺のじゃないけど。

「あ、それは病院のです。お貸ししたんです」

と受付の人に言われる。

「じゃあ、診察の時に返します……」

「お願いします」

午後の泌尿器科の予約をして、会計を済ます。保険証も財布もあってよかった。これでお金入ってなかったらどうにもならないが、大丈夫だったし。

外に出るとけっこう大きな病院だということがわかる。全然知らなかった。いや、他の病院のことも何も知らないんだけど。東京に来て初めての病院に救急車で連れてきてもらうとは……。

ベッドから起きてそのままの格好とボサボサ頭で、スマホのマップを頼りにアパートを目指す。

今日も朝から暑い。そうだ、水分摂れって言ってた。自動販売機で水を買って、ぐびぐびその場で飲み干してしまった。うまい。今度はポカリスエット買って飲んだら、これもまた染《し》みる！

そういえば、昨日も暑かったのに、あまり水分摂っていなかった。シャワーのあとも、何も飲まずにすぐ寝てしまったし……それがいけなかったのかな。

ポカリを飲みながら家に帰る。ドアにはちゃんと鍵がかかっていた。誰がかけたのか……と言っても思い浮かぶのは、あのぬいぐるみしかいない。

エアコンつけっぱなしだったようで、涼しかった。それはとてもいい。部屋の中でぐちゃぐちゃなのはふとんくらいで、他はそんなに変わらなかった（ソファベッドはちょっと動いていた）。どれだけひどい状態か、とびくびくしていたのだ。痛くて（比較的静かに）大騒ぎはしたが、あまり動いていなかったらしい。

そうだ、あのぬいぐるみ――というかお隣さんにお礼を言わなくては。病院から帰ってきた時点で、昨日のことは現実であろうと思われる。多分、ぬいぐるみも。

急いで部屋を出て、隣のドアの前に立つ。あっ。けど今は朝七時半――微妙な時間だった。充分早い。

どうしよう。寝ているだろうか……。チャイムはうるさそうなので、そっとドアをノックしてみた。

返事はなかった。何度もノックするのははばかられる。でも、もう一度だけ。さっきよりほんの少し大きく。

やはり誰も出てこない。

ここ、本当に人住んでるの？

またなんか怖いことを考えてしまった。身体中から汗が噴き出す。

――と、腰がまた痛くなってきた。

やばい。詠斗は自分の部屋に戻り、とりあえず痛み止めと一緒に出された胃薬を飲んで、横になった。しばらくすると薬が効いたのか、うとうとしてくる。

泥のように眠っていたが、突然はっと目が覚める。病院の予約をしていたのだった！

もう午後一時だったが、急いで支度をして出かける。歩いていて、あまり痛くないことに気づいたが、いやいや、まだ油断はできない……薬が効いているだけかも。自販機で水を買って、ぐびぐび飲む。そういえば、昨夜から何も食べてない。すっかり忘れていた。

病院で改めて診察してもらう。昨日の医師ではなかったが、

「水分をたくさん摂って、自然に排出しましょう」

と同じことを言われて、いろいろ薬を処方《しょほう》される。主に痛み止め。石に対する薬は特になし。今朝はもう血尿も出ていなかった。

「いつの間にか出ている時もありますから。痛みが取れないようでしたら、また来てください」

なんだかあっけない。睡眠も割とつたので、疲れはそれほどではなく、本当にあの痛みはあったことなのか、というぶかるほどだった。

帰りに定食屋へ寄り、わしわしごはんを食べた。食欲はすごくある。水もガブガブ飲んだので、ものすごくお腹いっぱいになった。

気がついたらもう夕方だ。

貴重《きちょう》な有休がつぶれてしまったが、会社に連絡だなんだと大騒ぎせずに済んで、かえってよかったかな。

アパートが見えてきた。明日どうしよう。もう大丈夫そうなんだけど。またいきなり痛くなったら怖い。でも、覚悟があるだけマシなのか。

アパートの前に、大家さんが立っていた。何やら下を向いてうんうんうなずいている――と思ったら、足元にあのぬいぐるみが！

驚いて立ち止まったら、二人がこちらに気づいた。

「あっ、柚木さん、大丈夫ですか⁉」

ぬいぐるみが言う。

「あ、はい、大丈夫です。ありがとうございました……」

少し引きつつも、お礼は言わなければ。

「どうしたの？」

大家さんがきょとんとしてたずねる。てっきりその話をしていると思っていたが、そうじゃないのか。

「尿管結石で救急車呼んでもらったんです……山崎さんに」

詠斗の言葉に、

「まあ！　それは痛かったでしょう！」

大家さんが目を丸くする。

「あたしも経験ありますよ。救急車呼んだ時もある。痛いよね～、大変だったね～」

田舎にいる祖母そっくりの口調で心配される。

「ぶたぶたさんがいてくれてよかったね」

え、もしかして……このぬいぐるみ、下の名前が「ぶたぶた」っていうの⁉　できすぎなネーミングだな。

「二人とも、仲良くなったの？　おうちにお邪魔するくらい――」

そう問われると返事に困る。しかしその前にぬいぐるみが、

「いや、僕が勝手に入っちゃったんです……」

そういえば、どうやって入ったのか、考えもしなかった。鍵かけてなかったのかな、としか……。

「玄関、開いてましたか？」

ずっと疑問に思ってた。

「閉まってました。台所の換気の窓から」

「あー……！」

このぬいぐるみなら、そりゃ入れる！　少し狭いけど、多分大丈夫だろう。

「そこは開いてたんです」

閉め忘れたのは、そこか。

「うめき声が聞こえたんで、つい……」

「あー、すみません！　うるさかったですか？」

「ぶたぶたさん……」

大家さんがすごく悲しそうな声で言った。泣きそうな顔でもあった。

「……どうしたんですか？」

霊感はないが、人並みには空気が読める詠斗は、二人の間に漂《ただよ》う雰囲気を少し不安に思う。

「あなた、あの部屋のこと、全然気にしていないみたいね？」

「へ？」

変な声が出る。ちょっとの間ののち、

「あー。ああ……すっかり忘れてました」

まったく頭になかった。別に変なこともなかったし。このぶたぶたというぬいぐるみと、尿管結石以外。変なこと……？　変なことかな？　病気はしょうがないことだし、ぶたぶたはただ存在しているだけだ。

「ぶたぶたさんは、あなたの前に住んでた人と仲が良かったのよ」

そのひとことで、状況が飲み込めた気がした。いや、全然わからないんだけど、もしかして彼は、後悔をしているのかもしれない、と思い至ったのだ。


その日の夜、ぶたぶたがまたカレーを作ったというので、部屋に来てくれた。食器も持参してくれた。

ぶたぶたのカレーは、ナスのキーマカレーだった。見た目は全部ひき肉なのだが、食べるとナスがトロトロになっているのがわかる。ほどよく辛《から》いけど、甘さも感じる。

「これはナスの甘さですか？」

「そうです。すごくたくさん入ってるから」

「軽くていくらでも食べられそうです。めっちゃうまい」

「ナスと鶏《とり》のひき肉だけで、けっこう簡単なんです。ナスが安い時に作ります」

そう言いながら、ぶたぶたもカレーを食べていた。スプーン山盛りのごはんとカレーが鼻の下に吸い込まれていく。どうして？　どういう構造なの？　のぞきこみたい気持ちをぐっと抑《おさ》える。

夕食が終わり、麦茶を飲んでひと息つく。お酒でも飲みたい気分だが、薬もまだ飲んでいるし。別に止められてもいないのだが、ぶり返しがとにかく怖いので、とりあえず薬を飲み終わるまでは我慢しよう、などと殊勝《しゅしょう》なことを思う。

「もう痛みはないんですか？」

「はあ、とりあえずは」

痛み止めが効いている間に勝手に石が出ていってくれたらいいのだが、そんなにうまくいくのだろうか。

「よかったです、とりあえず元気そうで」

ほっとしたようにぶたぶたは言う。だが次の瞬間、しょんぼりしたように、

「すみません、勝手に窓から入ったりして」

と言った。

「いえ、こちらとしてはとても助かりました」

今となっては死ぬような病気ではなかったと知っているけれども、あの時は知らなくて完全にパニックだった。本気で死ぬと思ってたから。自分では救急車も呼べない状態だったので、本当に助かった。

「あの……お隣の人と仲が良かったんですか？」

不躾《ぶしつけ》にたずねてしまう。あの換気の窓は、ぬいぐるみの身ならば入れるけれど、それでもかなり高いところにあるし、余裕のある大きさではない。そんなところにむりやり入るなんて、よっぽどのことだ。

「前の住人の方は金光《かねみつ》さんと言ったんです……仲が良かったというか、たまにお酒を部屋で飲んで、お話をする程度だったんですが――」

充分仲が良い気がする。ていうか、お酒飲むって⁉

……いやいや、今は気にしないようにしよう。

「このアパート、わたしは実は仕事場として借りてるんです」

「えっ、じゃあご自宅が別にあるということですか？」

「そうです」

ぬいぐるみなのに——いやいや、それもまた今は考えないようにしよう。

「金光さんが亡くなった時、わたしは自宅に用事があって長い間ここを留守にしてました」

ぶたぶたは長いため息をつく。

「わたしが隣にいれば、もう少し発見が早かったのかな、とか、気をつけてあげていれば、今も生きていたのかな、と思ってしまいましてね」

その声は、ひどく悲しげだった。

「昨日のようにですか?」

「……そうですね。もう少しおせっかいになればよかったと考えたりもして」

それで誘ってくれたんだな。

「あの窓は開いてたんですか?」

詠斗は今は閉まっている窓を指差す。ぶたぶたはきょとんとすると、すぐに把握《はあく》したらしい。

「いえ……あとで大家さんに訊きましたけど、閉まっていたそうです」

「それじゃ、お隣にいたとしても、わからなかったかもしれないし、どっちにしろ入れないじゃないですか」

ぶたぶたが、はっと顔を上げる。

「反対側のお隣さんだっていたわけでしょ？」

「その時はたまたま空室だったそうです」

それで余計に責任を感じてしまっているのかもしれない。ここは小さなアパートだが、造りはしっかりしていて、隣室の音がうるさいと思うことはない。窓の閉まった部屋の様子なんて、隣や外でもわかると思えないのだが。それを考えると、自分はけっこう大きな声出していたのかな。外に聞こえるくらい。それはそれで少し恥ずかしい。

「無念《むねん》だったのかな、と思うと……」

言葉が続かないようだった。詠斗はふと思い立ち、こんなことを訊く。

「この部屋に、金光さんはいるんでしょうか」

鈍感な自分にはわからない。でも、こんな不思議なぬいぐるみなら、わかるのではないか？

ぶたぶたは、宙《ちゅう》を仰いだ。

「……わたしも霊感はなくて」

ええー！　詠斗は密かに驚く。

「でも、いやな雰囲気はしないです」

しばらくして、戸惑ったような声で言う。うん、それは確かに。

「そうですよね。俺この部屋、気に入ってるんです」

日当たりもいいし、静かだし、ほんの少し庭があって、景色が開けているのもいい。

そんなこと一人暮らしするまで気にしたことがなかったが、寝っ転がって空の青さやわずかに見える星を見ていると、ああ、なんかいいな、と思えるのだ。

「死ぬなら、こんな部屋で死にたい」

詠斗は、自分の口から漏れたそんな言葉に驚いた。決して嘘ではないけれど、そこまで思ってはいなかったはず。なのに、どうして声に出してしまったの？

「あれ、何言ってんの、俺……」

ぶたぶたを見ると、彼も驚いているようだった。点目が少し大きい。

詠斗は部屋を見回した。いつものように、何も感じない。自分に何か変化があったわけでも、多分ない。

だからその言葉だけは、この部屋で感じた唯一《ゆいいつ》の謎めいたことかもしれなかった。

「それと同じようなことを、昔金光さんも言ってましたよ」

ぶたぶたが少し笑って、そんなことを言った。笑う……ぬいぐるみなのに。

いやいや、もう彼のことは深く考えないようにしよう。彼は怖くも変でも、不思議でもない。……いや、不思議は不思議だけど。それはどうしても否定できない。

けど、親切で優しいお隣さんだ。

金光さんも、きっとそう思っていたに違いない。それは、なんとなく詠斗にもわかるような気がした。

友だちになりたい

1

憲治《けんじ》の同級生に少し変わった女の子がいる。

いや、それはちょっと違う。別にその子が変わっているわけじゃない。正しくは、その子の親――父親が変わっているのだ。

彼女の父親は、ぬいぐるみだ。小さなぶたのぬいぐるみ。桜色《さくらいろ》でバレーボール大の。

初めて見たのは、小学生の時だった。五年生の時に転校してきて、初めての授業参観の日に。

まだ友だちもいなかったので緊張していたのだが、急に教室がざわついたのがわかった。親が入ってくると、どうしてもテンション上がりがちだが、なんだか様子が違う。学校によって違うのかも、と思って、何気《なにげ》なく後ろを向いたら、列の一番前に小さなぶたのぬいぐるみが立っていた。

憲治はそのまま動けなくなった。

「あっ、ぶたぶたさん！」

どこからかそんな声が上がった。

「はいはい、静かに。前向いて」

先生は特に驚いている様子もなく、ぬいぐるみに手を振ったりしている生徒たちに声をかけている。そう言われると、みんなニコニコしながらも前を向いて、ちゃんと椅子に座り直す。

しかし、憲治はまだ動けなかった。

「深町《ふかまち》くん、大丈夫？」

と声をかけられて、はっとする。あわてて座り直す。ちょっと恥ずかしかったが、誰もからかわなかった。前の学校だと、こういうちょっとズレたことをすると、すぐに何か言われたんだけど。

そのあとすぐに授業が始まったが、憲治は後ろが気になってたまらなかった。振り向いて確かめたい。さっきのぬいぐるみはまだそこにいるのだろうか。

なんとなく後ろをジロジロ見るのは悪い気がして、振り向けなかった。なんでそう思うのかはわからなかったけど。

他の子は気にしてないのかな、と観察したけど、みんなちゃんと前を向いて授業を受けていた。慣れてるのかな？

慣れてる？　なんで？　そもそもなんでぬいぐるみが授業参観に来てるの？

頭がはてなマークでいっぱいになったまま、授業が終わってしまった。転校してきたばかりだから、指《さ》されなかったのかな。それはちょっとホッとした。

終わったあと、廊下に出ると、一人の女の子がぬいぐるみと話していた。

「お父さん」

と呼んでいるのを聞いて、これまたとてもびっくりする。お父さん？　ぬいぐるみが？　あの子は人間じゃないか？　何言ってるの？

けれど周りの子たちは全然驚いていなかった。やっぱり慣れてる！　しかも、

「ぶたぶたさん！」

なんて呼びかけている。ぬいぐるみも、みんなと仲良さそうに話していた。

今まで住んでた世界とそっくりだけど、全然違う世界に来てしまったみたいだった。

引っ越す前に行っていた学校では、こんな不思議なことは何一つ起こらなかった。憲治はクラスでいじめられていたわけではないが、特に仲のいい子はいなかった。というか、

クラスの中心の子の機嫌《きげん》をうかがわないといけないみたいな妙な雰囲気で、それにあまり関わりたくなかったから、なんとなくぼっちみたいになっていた。緊張感の漂うクラスで一日過ごさなくてはならないのがとても憂鬱《ゆううつ》だったので、学校が終わると走って家に帰っていた。

引っ越すと言われて、密かにうれしかったくらいだ。先生が寄せ書きを回してくれたが、名前を見ても顔が浮かばない。書かれた言葉も無難《ぶなん》で、似たようなものばかり並んでいた。

この学校も同じようなところだったらどうしよう、と恐れていたが、とりあえず前とはかなり違うらしいというのはわかった。

「あのぬいぐるみは、山崎ぶたぶたさんっていうんだよ」

後ろから話しかけられた。振り向くと、ひょろっと背の高い男の子が立っている。

「山崎さんのお父さん」

「あの隣の女の子？」

「そう。お父さんだけど、すごくかわいいだろ？」

そう言われて、憲治はひどく驚いた。もしかしたら、ぬいぐるみを見た時と同じくらい。

前の学校では、男の子がかわいいものを話題にすることなんてできなかった。クラスの中心になっている子が、そういう話題が少しでも出るとしつこくからかったからだ。

憲治はかわいいものが大好きで、服もパステルカラーのものを好《この》んで着ている。でも、今まではからかわれるので学校に着ていけなかった。今も一応、黒っぽい服にしているけど――ひょろっとした子はピンク色のシャツを着ている。自分もそういう色のを着てきてもいいかな。

「うん、かわいいね」

思い切ってそう返事をしてみる。

「すごくいい人なんだよ」

「そうなんだ」

「何なに～、ぶたぶたさんの話？」

他の子が話に入ってきた。そこから、「どんなものをかわいいと思っているか」という話で盛り上がる。憲治は猫、ひょろっとした子は犬、話に入ってきた子はセキセイインコを飼《か》っていて、互いのペットの自慢が止まらない。

けれど話はいつのまにか山崎ぶたぶたという名のぬいぐるみの話になってしまう。

「みんなさ、ぶたぶたさんのこと大好きなんだよね」

ひょろっとした子が言う。憲治もその時気づいた。いつのまにか好きになっていたと。まだなんにも知らないのに。

好きなものの話をするって楽しいな。あと「大好き」ってさらっと言えるのもすごいな。

憲治はその日からひょろっとした子・恭敏《やすとし》と、話に入ってきた子・律《りつ》と友だちになった。


そんな憲治も、今は中学生になった。

相変わらず山崎さんとは同級生で、よくしゃべる友だちの一人だ。山崎さんは女の子とも男の子とも仲がいい。

恭敏と律とも同級生でずっと友だちだった。変わったことといえば、恭敏がメガネをかけ始め、自分より低かった律の身長がぐんと伸びて追い越されたこと。

自分はよくも悪くも変わりなく、なんでも中くらいだった。それは小学生の頃から変わらない。これからもそうなのかな——と思っていたある日。

山崎さんが近々引っ越すことを知った。家族で隣の県に移り住むという。転校もしてしまうらしい。

それを聞いた時、憲治は何も言えなくなってしまった。恭敏と律が、

「えー、寂《さみ》しくなるなあ」

などと言っているのに、憲治だけ言葉が出ない。

その時はそれで済んでしまったが、家に帰ってからもなんだか何もする気がなく、食事もほとんど食べられなかった。

「どうしたの？　具合悪いの？」

祖母に心配されるが、別に身体の調子は悪くない。気がする。でもなんだか……落ち込んでいるというか、気持ちが暗い。

「学校で何かあった？」

いや、特に——と言おうとして、山崎さんが引っ越すのを聞いたことを思い出した。

え、山崎さんの引っ越しがショックなの？　そりゃ寂しいとか、そういう気持ちはあるけど……。

食事を残し、部屋でふとんをかぶってずっと考え続けていたが、結論は出なかった。明け方にちょっとうとうとしたけれど、ほとんど眠れなかった。こんなこと、生まれて初めてだった。

次の日は、赤い目で学校へ行く。さすがにお腹が空いたので、朝ごはんは食べたけれど。

教室に着くと、山崎さんが女の子たちに囲まれている姿が目に入った。涙ぐんでいる子もいる。

でも、憲治はそれを見てもあまり動揺《どうよう》しなかった。前の引っ越しの時、他のクラスや近所の友だちと別れるのがつらかったが、連絡先を交換して、今もけっこうやりとりしている。なんだかそんなに変わらないような気がするのだ。山崎さんとだって、そうやってやりとりすればいい、と思う。

その時、気づいた。山崎さんというより、ぶたぶたさんの引っ越しがショックなんだと。山崎さんが引っ越すということは、ぶたぶたさんも引っ越すということだ。

けど、ぶたぶたさんと特に仲がいいわけではない。当たり前だ、一度もちゃんと話したことがない。娘の山崎さんとなら友だちだが、そのお父さんとは当然友だちではない。

だとしたら、なんでショックを受けているんだろう。憲治は自分の気持ちがよくわからなかった。

恭敏と律は、

「なんだか元気ないね」

と言うが、うまく説明する自信はない。だから、

「なんか食欲がなくて」

そんなことしか言えなかった。でも、給食は全部食べてしまったから、あまり説得力がない。

二人は、それ以上しつこく訊くことはなかった。憲治はほっとする。今話そうとしても、支離滅裂《しりめつれつ》なことを言ってしまうかも。

もう一度、山崎さんを見る。そりゃあクラスメートが（ただの引っ越しとはいえ）いなくなるのは初めてだ。自分がいなくなった経験はあるが、やはり昨日のショックはそのせい？　ぶたぶたさんのせいとは……ちょっと信じられなかった。どうして？

2

杉本雫《すぎもとしずく》は、仕事帰りにお気に入りの洋菓子店へ寄った。

今日も大好きなシュークリームを買う。ここのはとてもおいしい。食べると少し幸せになれるのだ。

毎日こんな感じなので、雫の体重は増え続けている。服をだいぶ買い替えたのに、もうきつい。このままだとまた新しくしなければ。

でも、そんな余裕はない。

はあ～。ため息ばかりが出る。最近、ずっとそんな感じだ。

家に帰ると、両親の視線が痛い。逃げるように部屋へ転がり込む。

「ただいま～、今日も仕事つらかったよ～」

たくさん飾《かざ》ってあるぬいぐるみたちに話しかける。

友だちのいない雫の話し相手は、ぬいぐるみだけだ。お店で「はっ」とした出会いがあるとつい買ってしまう。みんな女の子だ。彼女たちは、様々な視点で雫を激励《げきれい》してくれる。悪いことは一つも言わない。


「雫ちゃん、今日もかわいいね」

「ありがとう、あなたもかわいいよ」

「雫ちゃん、今日もお疲れさま。大丈夫？」

「ありがとう、大丈夫だよ」

「雫ちゃん、明日はきっといいことあるよ」

「ありがとう、そうだよね」


そんな会話をしてから、気合を入れて部屋を出る。

食事の席は気まずい。誰も何も言わない。黙って食べて、そそくさと部屋に戻る。母のごはんはおいしい。

ため息をついて、またぬいぐるみに話しかけようとするが……言葉が出なかった。

たまにこんなふうになる。ふと「このぬいぐるみたちは返事なんかしない」と思ってしまうのだ。

だって、本物じゃないもの。

そう思いながら、ぬいぐるみたちに罪悪感を覚える。本物じゃないなんて、この子たちは何も悪いことしてないのに。どうして？

今日も話しかけられなかった。その代わりにぬいぐるみに話しかけているだけ。それは充分わかっている。

こんな時、雫は、ベッドに横になって大量のＤＶＤを見続ける。自分が映っているＤＶＤ。コンサートや、テレビに出た時の録画《ろくが》。

雫は昔、アイドルをやっていた。今も地道《じみち》に活動しているとあるガールズグループの一員だったのだ。

高校を卒業してすぐに、家出同然で家を飛び出した。せっかくスカウトされたのに、両親が芸能界入りを反対したからだ。

アイドルとしては遅いデビューだったから、人一倍努力した。異例のスピードで選抜《せんばつ》に勝ち抜き、リーダーにもなった。テレビで歌うことも増え、ＣＤもライブのチケットもグッズも売れ始めた。

当時の雫は、それをなぜか、自分の実力だと思い込んでいた。自分がアイドルとしてトップに立つ器《うつわ》だから、グループを引っ張っていけるし、歌もヒットしたと。しかもそれが作詞をやらせてもらった曲だったものだから、有頂天《うちょうてん》になっていた。

リハーサルでも撮影中でも、他のメンバーを叱り飛ばしていた。このグループにふさわしくない行動には我慢できなかった。それが独断《どくだん》でしかなくても、当時はリーダーだったから、自分がすべて決めていいと思っていたのだ。

今思えばどう考えてもパワハラで、それで辞めていくメンバーも少なからずいた。運《うん》営《えい》サイドから注意されても、雫はその行為を改めることができなかった。リーダーである自分の方が絶対に正しいと思い込んでいたからだ。

しかし、怪我《けが》をしてしばらく休んでいる間にすべてが変わってしまった。以前、やはり怪我で休んでいたメンバーに言った、

「そんな怪我するなんて、たるんでる。自分の不注意でこんなことになって、どう責任取るの？」

そんな言葉をそのままぶつけられた。雫は、何も反論ができなかった。自分の怪我は、まさに不注意が原因だったからだ。飲み過ぎて階段から落ちた。何度も何度も酒癖《さけぐせ》を直

すよう周りに言われていたのに、無視した結果だ。

雫の怪我は予後《よご》がよくなく、しばらくリハビリに通わなくてはならなかった。休んでいる間に十代のメンバーがめきめき頭角《とうかく》を現し、人気実力ともに簡単に雫を追い越していった。

そのようなことを知るたびに気持ちが沈み、復帰しようにも気力が湧《わ》かない。病院でうつ病《びょう》と診断された。

結局雫は、現場に戻ることなく芸能界を引退《いんたい》した。

自分が怪我をしても、メンバーが責めるようなことを言ったのは、最初のあの言葉だけだった。あとは何も言われない。言ってもしょうがないと思われていたのではないだろうか。それとも、何を言っても届かないと思われたのか。

みんながそう考えたのも無理はない。雫は勘違《かんちが》いをしていた。ファンの歓声《かんせい》をすべて自分に向けられたものと錯覚していた。自分がいなければグループは成り立たないと本気で思っていた。

でも、当然のことながら普通に活動できる。雫一人がいなくたって。

なんであんなことしちゃったのかな――今でも思い出すと震えが走る。努力はしていた。面倒見もよかった。それは辞める時に同期《どうき》メンバーから言われた。でも、新人への手助けが、いつの間にか厳しい叱責になり、さらにエスカレートしていった、と。

「暴言《ぼうげん》って、依存性《いぞんせい》があるんだってさ」

同期がぽつりと言った。ああ、確かに……。みんなの前で、ダンスが下手な子や歌についていけない子を怒鳴《どな》っていい気持ちになっていたかも。自分のストレスの発散《はっさん》になっていたのかもしれない。

振付師《ふりつけし》の人から言われた言葉が、その時になってよみがえってきた。

「傲慢《ごうまん》な気持ちは簡単に上限《じょうげん》を超えるよ。自分が知らない間に」

そのとおり、きっかけもはっきりわからなかった。それが暴言の気持ちよさの怖さだ。何かストッパーになるものはなかったのか――。

そんなことを考えると、必ず思い出すことがある。

あるソロのアイドルの子が、衣装に桜色のぬいぐるみをつけていた。けっこう大きめな、バレーボールくらいのぶたのぬいぐるみ。

楽屋などでその子と話した憶えはない。同じアイドルとしての対抗心《たいこうしん》を隠すつもりがなかったから、彼女の挨拶にちょっと会釈しただけ。自分の方が先輩だったから、それで充分と思っていた。

あるアイドルフェスの楽屋で、彼女が誰かと話しているのがなんとなく耳に入ってきた。大部屋だったから、丸聞こえだったのだ。

「そのぬいぐるみ、かわいいね〜」

彼女が抱えていた(取り外しができたらしい)ぬいぐるみに対して、相手はそんなことを言った。

「ありがとうございます。あたしのボディガードなんです」

雫は思わず鼻で笑ってしまった。ぬいぐるみがボディガード？　何言ってんの？

「ボディガード……？」

相手もちょっと怪訝そうな声を出す。

「あ、ボディガードっていうか……お守《まも》りです」

「あー、なるほど」

お守りっていうか、むしろ「お守《も》り」って感じだけど？　とその時思った記憶がある。

そのアイドルの子は、いまやミュージカルの人気スターだ。歌やダンスはもちろん、演技にも定評がある。主演でも助演でも、大舞台でも小劇場でも存在感が光る。特に得意なのはコメディ。雫も見に行ったことがある。笑いっぱなしでお腹が痛くなるほどだった。

あの子はお守りがあったから、雫のように傲慢にならなかったのだろうか。好きな歌やダンスを続けられたのだろうか。

うちにあのお守りがあったら、今より少し、気持ちが楽になるのかな。

そう考えてここ数年、ずっと声をかけようと思ってきた。

あの「お守り」のぶたのぬいぐるみ——つまり「本物」が、近所に住んでいるのだ。

アイドルを辞めて、ずっと寄りつこうともしなかった実家に帰ってきた。行くところがなかったからだ。

両親は、雫を責めなかった。それどころか、

「もう少し小さい頃から、夢を応援してあげればよかった」

と謝られた。

それを聞いて、とても情けない気分になる。両親は、怪我でアイドルを断念《だんねん》したと思っているのだ。雑誌やネットの記事にも、

「まったく嘘ばっかり書いて」

そう憤慨《ふんがい》していた。記事の中の娘が、家にいた頃のダンスと歌が好きなおとなしい娘と一致《いっち》しなかったに違いない。

でもそれは、まぎれもなく雫だった。辞めたら、憑《つ》き物が落ちたようになったけれど。

真相は、いまだ両親に言えていない。

しばらくリハビリに通い、すっかり足はよくなったが、激しい運動をすると痛む時もある。ダンスを長時間踊るのが怖くなった。歌はもう、カラオケにも行っていない。元々そんなにうまくなかった。わかっていたのに、自分が引っ張っていけると勘違いしていた。

うつ病は一進一退《いっしんいったい》で、よくなったと思ってもまたぶり返す。最初のうちは温かく見守ってくれていた両親だったが、次第に、

「そろそろ働いた方がいいんじゃない？」

とやんわり言い始めた。雫もそう思う。働きたい。でも、何をしたらいいのか。

アイドルとして芸能界で大成《たいせい》するのが雫の夢だった。時代のカリスマになりたかった。いろんなテレビ番組に出たかった。大きなステージで歌いたかった。

未練はない。いや、未練というか、後悔はあるのだが、もう一度挑戦する気にはならない。辞めた時、自分の実力がはっきり見えたからだ。才能も売れ方も、この程度では同じような子がたくさんいる。心を入れ替えたとしても、メンバーは誰も信用してくれない。それにそのグループでやり直すということは、新人を何人も辞めさせておいて、自分はのうのうと居座る、ということだ。

それはもう……人としてだめだな、とわかってしまった。そんな人間になりたかったわけじゃない。雫は、アイドルになりたかっただけなのに。

まだうまく割り切れていなかったが、優しい両親は、

「とりあえず、本とか読んだら？」

そんなことを言った。雫には両親の真意《しんい》がわかる。本当は大学に行ってもらいたかったのだ。だから、今からでも受験勉強して、大学に行ったら？　と言いたい。でもはっきりとは言えない。だから「本でも読め」と。

芸能界で少しだけ働いて、人の顔色や言葉の裏を読めるようになった。人を疑うことなどなかった昔の自分とつい比べてしまうが、よかったことだと納得している。こんなふうに両親の気遣《きづか》いが見えてくるから。心配してくれる人がいて、まだ見捨てられてい

ないと思える。それが息苦しい時もあるけれど。

両親の言葉に押され、しばらくぶりに外へ出て、小さい頃から通っていた本屋さんに行った。ところがその店は、雫がいない間になくなってしまっていた。それに大きなショックを受ける。時が過ぎるのが速《はや》い……。

仕方なく、新しいチェーン店へ向かう。普通に歩いている雫に、誰も気づく気配はなかった。帽子をかぶって、メガネかけてマスクもして、しかもノーメイクだしな……。わかってはいるけれど、複雑な気分になってしまった。

帰ろうか、という気分も抱いたが、せっかく外出できたのだし、そんな気持ちを振り払い、書店にたどりつく。

参考書でも買った方がいいのかな。いや、いきなりそれはハードルが高い。最初は薄い文庫の小説とか、マンガでもいいだろうか。

そういえば小説なんて全然読んでいなかった。昔はけっこう好きだったのに。物語を読んで、自分だったらこう演じる、共演者は誰、監督《かんとく》は誰、とか想像するのが好きだったから——って、けっこう黒歴史《くろれきし》だな。いや、誰にも言ってないけど。一人で想像して楽しんでいたのだ。

すごく楽しかったな。雫は、昔のことを思い出して、なつかしい文庫本を手に取った。これ、実家出た時に持っていったはずなのに、いつのまにか失くしていた。いつかこの小説のヒロインを演じられたら、と思っていたのに、どんなストーリーかも忘れている。そうか。昔読んだものをまた読めばいいんだ。

雫はレジに行こうと振り向く。その時、自分の人生でもっとも劇的なことが起こった。通路の奥からぶたのぬいぐるみがゆっくり曲がって、姿を現したのだ。

雫は、固まったように動けなくなる。

そしてその瞬間、自分がアイドルになりたかった本当の理由がわかった。自分の人生がとてもつまらなく平凡《へいぼん》だから、それを変えようとしたのだ。アイドルになれば変わると思っていた。

そう考えつく前に、今と同じようなことが起こっていたら、自分はアイドルになっていなかったかもしれない。

ぬいぐるみは、ぽてぽてと雫の脇《わき》を通って角を右に曲がった。レジへ向かったのだろう。

後ろ姿を見て、そのぬいぐるみが、あの時楽屋で見たぬいぐるみだと気づいた。あれも、短いしっぽが結《むす》ばれていた。その特徴だけは、なぜか憶えていたのだ。

『青い鳥』を思い出した。幸せは身近にこそある、というわかりきった物語。雫でもよくわかっている、実感している。

あの時、あのアイドルの子を見下していなければ。誰も彼もライバル視《し》しなければ。もっと仲良くしていたら。彼女の「ボディガード」という言葉の秘密を知れていたかもしれない。

はっと我に返り、あわててぬいぐるみを追いかけた。

しかし、レジには店員さん以外誰もいない。追いついて何をしようとしていたのか、自分でもわからないけど。

雫は持っていた文庫本を買って、書店を出た。

普通、幻でも見たと思うところだが、雫はそう思わなかった。その時はそれにしかすがれなかっただけだろうけど、視野が狭くなっていた自分にとって、決して悪いことではなかった。

次の日から、その書店に毎日のように出かけるようになった。本を買う時もあれば、買わないでぼんやり背表紙をながめているだけの時もある。

目的はもちろん、ぬいぐるみに会うためだったが、割とすぐに再会する。ぬいぐるみも二〜三日に一度くらい書店に来ているようだった。彼（書店の人と話している声がおじさんのものだった）も、買う時もあれば、ながめているだけの時もある。

会えた時は、彼が何を買ったか記憶して、次の日に同じ本を買う。すぐあとに買ったら、なんだかキモいと書店の人に思われてしまいそうで。

本は面白いものも、雫には合わないものもあった。けっこう怖い物語が好きみたい。怖いのはちょっと苦手だ。他のは面白かった。少し難しいものもあったが、がんばって読んだ。意外にマンガや絵本も多かった。

会うたびに話しかけようとしたけれど、何もできなかった。あの「ボディガード」の件を言うべきだろうか。けど、本当に秘密のことなのかもしれない。「守秘義務」ってお仕事にはつきものだ。そういうのが絡《から》んでいるとしたら、迂闊《うかつ》なことは言えない。

そうなるとどう話しかけたら、とさらに悩む。とりあえず、「ぶたぶた」という名前であることはわかった。書店のレジの人がそう呼んでいたからだ。

そんなある日、雑貨店の店先で、小さな犬のぬいぐるみを見つけた。手のひらサイズで、くたっとしている。点目の顔があの「ぶたぶた」に似ていた。手頃な値段だったの

で、雫はそれを買い求め、枕元に飾る。そして、寝る前に、

「こんにちは」

などと声かけの練習をし始めた。

最初は挨拶しか言葉が出てこなかったのに、次第にいろいろなことをしゃべるようになってきた。その日にあったこと——は、すぐネタ切れになってしまう。そうか、しゃべることがなければ会話が続かない。

雫は和食レストランの厨房《ちゅうぼう》でアルバイトを始めた。親の友人がやっている店で、アイドルをやっていたことも知っている。フロアには出なくていいと言われたが、裏方はずっと立ちっぱなしで力仕事も多く、実家に帰ってからだいぶ太ってしまった雫にはきつい作業ばかりだった。ただ人間関係にそれほど気をつかう必要がなく、親も安心させられる。

料理は元々好きな方だけど、まだバイトを楽しいとは思えない。できないことも多く、憶えることもたくさんで、失敗しないように気を張ることは、まだうつ病治療中である雫にはつらい。けれど、失敗したとしても他のスタッフは優しい。つい、以前自分がやらかしたことへの罪悪感を思い出してしまう。

だから、そういう愚痴《ぐち》というか、弱音《よわね》を犬のぬいぐるみに話す。すると、少しだけ気持ちが落ち着く。

次第に、手のひらサイズのぬいぐるみは増えていく。給料をもらうたびに一つずつ。けれど、「ぶたぶた」にはまだ話しかけられていない。

それはやっぱり、この子たちのことをどうしても「ぶたぶた」――本物とは思えないからだろうか。ぬいぐるみはかわいい。しかし全部女の子だった。おじさんではない。だから、実際に「ぶたぶた」を目の前にすると、何もできない。

ぬいぐるみたちは、自分が小さい頃にあこがれたアイドルたちのように愛らしい。誰の悪口《わるくち》も言わない、パワハラもしない、傲慢のかけらもない彼女たちのようなアイドルになりたかったのに。

雫は自分のDVDを止めて、昔好きだったアイドルたちのDVDを見始めた。初めて本物の彼女たちと会った時、雫は満足に話せなかった。練習していたはずなのに、何も言葉が出てこない。それは、「ぶたぶた」を遠くからながめている今も同じだ。

うちはちっとも変わっていない。

いつの間にかべしゃべしゃと流れている涙を、雫はぐいぐい手で拭く。うちの涙は、いつもこうだ。名前のとおり、雫などとかわいらしいものではない。

今夜もきっと、眠れないだろう。

その日のバイトはランチタイムのみだったので、いつもの書店に寄ってから帰るつもりだった。

今日は楽しみにしていた人気マンガの新刊が出る。ぶたぶたも買っているはず。こういう場合だと同じもの買っても怪しまれなくていいなあ。

書店の前の通りを渡ろうとすると、ちょうどぶたぶたが店から出てきたところだった。惜しかった。店の中でこっそりと見るのが一番楽しいから。

少しがっかりしたけれど、マンガは欲しい。もう今日はまっすぐ帰って、家で寝転がりながら読んでしまえ。

と思いながら、信号が変わるのを待つ。ああ、ぶたぶた行ってしまう……。道路を渡れないからしょうがないんだけど。今日も話しかけるチャンスはなかった。いつまでこのままなのか、ずっとこのままなのか。ある種のぬるま湯に浸かっている気分……。

その時、中学生らしき小柄《こがら》な男の子が脇を駆け抜ける気配がした。雫はとっさに、彼のパーカーのフードをつかむ。次の瞬間、トラックが二人の目の前を猛スピードで走り去った。

胸がドキドキする。フードをつかまなかったら、どうなっていたか。

「何やってんの⁉」

男の子は歩道に尻《しり》もちをついていた。ああ、この自分の怒鳴り方——昔しょっちゅう言っていた。後輩に罵声《ばせい》を浴びせて悦《えつ》に入《い》っていたものだが、今日はそんな気分にはならない。最悪のことを想像してさらに動悸《どうき》が激しくなって、めまいがしそうだった。

男の子は呆然として、道路を凝視《ぎょうし》している。車道には何やら封筒《ふうとう》らしきものが落ちていた。

「あれ、拾《ひろ》おうとしたの？」

「ち、違う……けど……」

そう言いながら、立ち上がって向かおうとしたので、

「ちょっと待ってなさい」

信号が青になったので、雫が拾う。表には「山崎ぶたぶたさんへ」と書いてある。

え？

「ぶたぶたさん……？」

「返せよ！」

「何その口の利き方。うちが何してあげたと思ってんの？」

うわあ、嫌味《いやみ》ったらしい言い方。これも耳馴染《みみなじ》みがある。でも、轢《ひ》かれそうなの助けたんだから、ひとことぐらいお礼言われたっていいじゃないか。二人で車道に転んだら、大惨事《だいさんじ》だったかもしれないのに。

……実際には、体重とダンスで鍛《きた》えた体幹《たいかん》で雫はびくともしなかったのだが。

男の子はびっくりしたように雫を見つめ、

「ご、ごめんなさい……」

と言った。そして、

「ありがとうございます……」

もごもごと続ける。

「まあ、いいけど」

雫は封筒を彼に渡す。タイヤのあとが痛々しく残っている。

「ぬいぐるみに手紙、渡そうと思ったの？」

雫の言葉に、男の子はショックを受けたような顔になった。ぶたぶたはとうにいなくなっている。見ていたからわかるが、彼は角を曲がろうとしていたのだ。車が行き交《か》っていたし、雫と男の子が大声を出したわけでもないので、この状況には気づかないまま、行ってしまった。

「知り合い？」

男の子は首を横に振る。意外。ぬいぐるみだから、子供と仲良さそうに見えるのに。いや……子供のすべてと仲良しになれるわけないじゃん、と思い直す。

「なんで手紙渡そうと思ったの？」

告白みたい、と思った。直接話してもいいのに。

男の子はもじもじ迷っていたが、やがて、

「口でうまく言えないし、早くしないと、引っ越しちゃうから」

と言う。

「誰が引っ越すの？」

「ぶたぶたさんが」

「……え？」

今度は雫の方がショックで声が出なくなった。

「どうしたの？」

「……ううん、なんでもない」

なんとかそう返事して……でも、

「ほんとに引っ越すの？」

そう訊かずにはいられなかった。

「うん」

「どこに？」

「それは……知らない」

「遠くなの？」

「うん……けっこう」

「そう……そうなんだ」

しつこくたずねたのにちゃんと答えてくれた男の子に、

「ねえ、大丈夫？」

と心配される。自分は今、どんな表情をしているんだろう。

「じゃあね」

突然、これ以上、顔を見られたくないと思った。

「でも……」

「気をつけて帰りなさいよ」

「うん……じゃあ」

雫の言葉に、男の子は何度も振り向きながら去っていった。

引っ越す？　ぶたぶたが？

そんなの、考えたこともなかった。


そのあと、どんなふうにして帰ってきたかよく憶えていない。気がつくと部屋にへたり込んでいた。

この数年、自分は何をしていたんだろう。

ぶたぶたと友だちになりたいと考えていたが、話しかける勇気がなく、そっと見ているだけで満足と思っていた。

それって、ほんとにただの自己満足だよな——とふっと笑う。後輩の子に怒鳴り散らしていたのと大して変わらない。

そんなのわかってたことなのに……どうしてこんなにショックなのか、雫には理解できなかった。

ぬいぐるみたちにも話しかけられない。言葉が出なかったのだ。それって、悪い兆候《ちょうこう》かもしれない……。

雫はいつもよりも睡眠導入剤《どうにゅうざい》を増やしてベッドに入り、目を閉じた。眠ってから考えよう。時間稼ぎみたいなものだけど。

3

憲治は、タイヤの跡が残った封筒を机の上に置いた。

今さら、さっきの状況を思い出して震えていた。轢かれていたら、どうなっていただろう。死んでしまっていたかもしれない。

あの女の人に、ちゃんとお礼を言っていない、と憲治は自己嫌悪に陥《おちい》った。文句を言われてムッとしたのも恥ずかしい。先にお礼を言うのはこっちだったのに。

落ち込んで机に座っていたら、部屋のドアがノックされた。

あわてて封筒を引き出しにしまって、

「何？」

と返事をすると、祖母が顔を出した。

「お父さんから電話だよ」

「……うん」

祖母からスマホを渡される。祖父母の家は家電《いえでん》もあるが、電話機は居間にあるだけなので、父はいつも祖母のスマホにかけてくる。小学生の頃からそうしているが、そろそろ自分用のスマホを買ってもらう予定になっていた。でも、そうなると父は祖母のでなく、憲治のスマホにかけてくるんだろう。それに少しモヤモヤしていた。その理由はやっぱりよくわからない。

「もしもし」

「おう、憲治か。元気か？」

「うん」

うんとしか言えない。食欲は相変わらずいまいちだけど、怪しまれない程度には食べるようにしてるし。

「中学はどうだ？」

「うん、まあまあ」

だいたい知ってる人ばっかりだから、生活はそんなに変わらない。恭敏は頭がいいから私立に行くかと思ったけど、「電車に乗って通いたくない」って言って受験をやめたらしい。

「そうか、それはよかった」

父との会話はだいたいそんなもので終わる。

「それじゃあ、元気で」

「うん、お父さんも」

なんだかずーっと同じような会話しかしてないな。母が浮気《うわき》をして出ていってしまってから、こんなふうにぎくしゃくしている。ただ、その前に仲がすごくよかったかというと、そうでもなかった。父はとても忙しい人だったから。母とそれでよくケンカしていたのは憶えている。

でも母が出ていくまで、うちの家族はまあまあ仲がいいと思っていたんだけどな。

電話を切ると、祖母が、

「お父さん、元気だった？」

と訊いて、憲治が、

「うん」

と答えるまでがワンセット。週に一回の儀式《ぎしき》みたいなものだった。

「そろそろごはんだから、降りてきて」

そう言って、祖母は部屋のドアを閉めた。

憲治はため息をついて、引き出しを開けた。さっきしまった封筒を取り出す。封はしていなかった。糊《のり》で貼るべきなのかどうなのか、それもよくわからなかったから。

手紙なんて出したこともなかった。封筒と便箋《びんせん》は、小学校の頃に祖母にもらったものだ。

「お父さんに手紙でも書いたら？」

と言われて。

「言いたくてもうまく言えないって時は、文字にするといいんだよ」

だそうだ。

でも、父にはそんな言いたいことがあったわけじゃないから、ずっと引き出しにしまい込んでいた。

それをわざわざ引っ張り出して、ぶたぶたにあてた手紙を渡そうとしたけど……。

そういえば、あの女の人も、ぶたぶたが引っ越すって聞いたらびっくりしてたな。あの人は、自分の考えてることとってわかっているんだろうか。大人だから、きっとわかってるよね。多分。

ていうことは、あの人もぶたぶたのこと知ってたってことだ。でも、引っ越すことは知らなかった。

どういう人なんだろう。

憲治は彼女のことがとても気になった。

次の日、本屋さんへ行った。

前にぶたぶたをこの店の前で見かけて、ちょっとだけ話したことがある。といっても、「こんにちは」と挨拶を交わしただけ。会話じゃないな。でも、こっちのことを娘の友だちってちゃんとわかってくれてたみたいだった。それがうれしかった。

それ以来、その店の前をなんとなく通るようになった。中に入ったことはない。本もマンガもほとんど読まないから、買わないくせに入るのは悪いかと思って。

店の前を通って偶然ぶたぶたに会えたらうれしいな、としか考えてなかったが、昨日と同じように、今日もしばらく待ってみた。すると、ぶたぶたは来なかったが、昨日の女の人がやってきて、店に入っていく。

ていうか、今日待っていたのは、この人だ。

しばらくしてカバーのかかった本を抱えて出てきたので声をかけようとしたら、先に気づかれた。

「あっ！　ちょっと、あれからなんともなかった？」

「……はい。昨日はすみませんでした」

憲治のそんな言葉に、少し意外そうな顔になったが、

「いいよ、そんなの」

ぶっきらぼうにそう言う。

「それじゃ」

すぐに背中を向けたので、あわてて、

「あのう、ちょっと訊きたいことがあって」

と呼び止める。

「何？」

「昨日、お姉さん、ぶたぶたさんが引っ越すって聞いてショック受けてたみたいだけど、なんで？」

彼女は本当に固まってしまったようだった。なかなか話し始めない。

「……どうしてそんなこと訊くの？」

「俺もそうなんだけど、どうしてなのかわかんないんです」

彼女はポカンとした顔になった。

「あんたじゃないのに、なんでうちがわかるんだよ！」

そう言って、笑った。それもそうだな。

「わかんなくちゃダメなの？」

「いや、そんなことないです。でも俺、自分の考えてることとかよくわかんないから」

「……わかんなくて当然じゃないの？」

「そうなの？」

でも、できればわかった方がいいような気がする。

「わかるようになりたいの？」

「なんで考えてることわかるんすか!?」

「いや、不満そうな顔してたから」

割と無表情とかって言われる方なんだけどな。

「わかった方がいいっちゃいいんだろうけど——あんたいくつ？」

「中一です」

「それでわかる方が珍しいと思うけどね」

「……そうですか。お姉さんのその頃もそうでしたか？」

「うちはね——」

彼女はそう言うと、ぼんやりとした目になった。「虚空《こくう》を見つめる」ってやつ？　恭
敏がそんなようなこと言ってた。

「まあ、大して変わりはないよ」

「今は？」

「今も」

なんだか悲しそうな顔になった。

「あっ！」

突然、憲治はひらめく。

「お姉さん、ぶたぶたさんがいなくなるのが悲しい……」

「えっ、そ、そんなことないけど——」

「いえ、俺が」

「あ……」

「でも、なんで悲しいかわからない……」

憲治の言葉に、彼女は苦笑《くしょう》した。

「あんた、ぶたぶたさんと知り合いじゃないって言ってなかった？」

「知り合いっていうか……ぶたぶたさんは、友だちの……家族だから」

べらべらと個人情報を話してしまったことを後悔していた。もっと慎重《しんちょう》にならなければ。

「家族と友だち！　接点あるんじゃん！」

「ないですよ……。友だちのお父さんやお母さんと友だちになります？」

「……ならないね」

「でしょー？」

「でも、モヤモヤするのはそれでじゃない？」

憲治は首を傾げる。

「本人と友だちになれないまま、引っ越しちゃうから」

「あー――」

そうかもしれない。

「だから、手紙を書いたんでしょ？」

「でも、あれ……」

「破《やぶ》れちゃった？　もう一度書けばいいじゃん」

でも憲治は、どう書いたらいいのかわからない。

元々あの手紙には、何も書かれていなかった。書こうとしたけど、手はちっとも動かなかったのだ。

4

　家族いるんだ……。

　雫は密かにショックを受けていた。ぬいぐるみの家族？　しかもその人（？）とこの少年が友だち？

　同級生とかかな……。けど、そんな子供がぬいぐるみの家族なんて……もちろん同年代ではない可能性もあるけど、どっちにしてもさっぱりわからない。

　何も知らないのは、何もしてこなかったから。この子は自分の気持ちがわからないと言うが、雫に再び接触してきたことで、無意識ではわかっていると思われる。

　この子は同じなのだ。ぶたぶたと友だちになりたいと思っていたのに何もしなかった雫と。

　でもそれをこの子に言う勇気が、雫にはなかった。勇気？　いや、違う。自分のちっぽけなプライドが邪魔をする。

この子が自分の気持ちがわからないのはこの子がまだ子供だからだろうが、雫はもう子供ではない。それがとても情けなかった。逃げ場がないし、何に意地を張っているかもわからない。

それなのに、

「友だちになってほしいって、手紙じゃなくて直接言えばいいじゃない。ここに来るって知ってるんだから」

こんなことを偉《えら》そうに言ってしまう。

少年の目がそわそわと泳いだ。しばらくして、

「でも、友だちって言っても……何話したらいいか」

そうだよね。中学生で大人と友だちになるなんて発想はできない。まあ、雫にも友だちなんていないし！　説得力は一つもない。

しかし、

「うちは話せる！」

つい言ってしまった。

「えー、何話すの？」

「ぶたぶたさんは読書家だから、本の話」

「え……」

なんだその絶望したような顔は。

「本って読まないから……」

まあ、そういう人もいるよね。

「でも、自分の気持ちがわからないって人は、読むと多少わかるかもよ」

「……そうなの？」

「書いてあることを理解しようと考えるっていうのが、自分や相手の気持ちを理解しようとすることに似てるんじゃないかな」

「へー！」

「多分」

そうつけ加えとかないと落ち着かない。それともう一つ。

「何すれば解決、なんて都合よくいかないけど」

「そうかあ。そうだよね」

ちょっとほっとしたような顔をする。そんなに本が苦手か？

──などと中学生相手に何言ってんの？　と我に返る。帰ろう。ほんと何やってんの……。

「あっ」

雫の背後を、少年が指差す。

「ぶたぶたさん……」

雫が振り向くと、ぬいぐるみがこっちに向かってくるのが見えた。珍しい。昨日来てたから、今日は来ないと思っていた。ちなみに雫はほぼ毎日来る。本だけじゃなく、文房具とかも買う。

「ちょうどいいじゃん」

「いや……そんな」

少年は強張《こわば》った顔をしていた。

「あ、ケンジくん」

ぶたぶたが声をかける。おお……名前ちゃんと呼んでる。さすが同級生の家族。いや、知らないけど。

「こ、こんにちは」

ケンジと呼ばれた少年がペコリと頭を下げる。

「本屋さんに来たの？」

「いえ、あの……通りかかっただけです」

「そうなんだ」

「じゃあ、失礼します」

おい！

と引き止めるわけにもいかず、足早に去っていくケンジの背中を見送るしかない。ヘタレめ……。

置いていかれて困ったのは、雫だった。ぶたぶたはこちらにも会釈をしてくれたけど、それはケンジの連れだからでしかない。「うちは話せる！」なんて言ってしまったが、実際に本人を目の前にすると、やっぱり言葉なんて出てこないのだ。

「あ、どうも……」

お互いになんとなく気まずい挨拶をモゴモゴ交わす。

どうしよう。いや、ぶたぶたにしても、あのケンジ少年にしても元々面識《めんしき》のない人だし、ここはそそくさと離れた方が自然な気がするが、なんとなく悪い気もしてしまう。

そんなこと感じる必要はないはずなのに。

何か世間話の一つでもした方がいいのか。けど、そういう「世間話」をするための常識？　あるいはスキル？　みたいなものが、悲しいかな雫には欠けている。

ぶたぶたに目を向けると、なんだか怪訝な顔でこっちを見ている。ビーズの点目なのに、表情が豊かなのだ。

あっ、もしかして……本屋でストーキングしてるのが、バレてる？

一瞬にして雫は焦り、じわりと汗ばんだ。いやいや……少年のことを笑えない。彼との違いは、今逃げ出していないってだけだ。

「あの……本屋さんで、よくお会いしますよね？」

ぶたぶたの言葉にちょっとホッとする。声に怪訝な様子はない。ご近所さんみたいな認識？　ちょっとうれしい。

「あ、はい……」

とはいえ、うれしさ全開で答えたら気持ち悪がられるに違いない。努めて冷静に、というより、どの程度加減したらいいかわからなくて、ぶっきらぼうに答えてしまう。

「あ、すみません、お引き止めして。ケンジくんのお身内の方ですか？」

「いえ、あの……」

昨日会ったばっかりです、と言うべきかどうか。

「あ、失礼しました……立ち入ったことお訊きしまして」

あれ？

どうしてわざわざ「お身内の方ですか？」なんて訊いたんだろう？　いや、単なる世間話のつもりだったのかも。なんとなく言ってしまったけど、取り消した、みたいな。

多分そうなんだろう。でも、微妙な違和感？　を雫は感じた。

「それじゃ」

ぶたぶたは、ペコリと頭を下げて行ってしまう。その二つ折りの姿がとてもかわいくて、雫はそれ以上、何も言えなかった。


家に帰ってからも、ぶたぶたの口調のことが気になっていた。

ぬいぐるみたちに向き合う。そういえば、この子たちがそんな微妙な口調で話すなんて、想像したこともない。心配するようなことを言いながら、雫を励《はげ》ますだけだ。

いや、それは単に自分で自分を励ましているのだから当然だった。彼らの気持ちも、雫が決めているんだから。

ぶたぶたの気持ちは雫が決めているわけではないので、勘違いだと思うのだが、でも……もしかしたら、彼はケンジって子の心配をしてる？　雫が身内だったら、何か話してくれたんだろうか。

自分には関係のないことなのに、なぜか気にかかる。

けどもう、あの子には会えないだろうな。名前しか知らない子のことを気にかけてもしょうがない。雫には何もできないんだから。


——などと思っていたのだが、次の日にはまた本屋さんの前で会った。待ち伏せをされたような感じ。

「なんなの、まだ用事あるの？」

などとつい言ってしまう。

「いや、急に帰っちゃったから悪いかな、と思って」

昨日ぶたぶたの口調に感じた違和感を彼に言ってみようか、と思いついたが、そういう思い込みでアイドル時代にトラブルを起こした経験もあるので、やめておいた。そうだよね。それこそ自分には関係ないことなんだから。首を突っ込んでいいわけないのだ。

「自己紹介もした方がいいかなって」

そんなことを言って、彼は「深町憲治」と名乗った。

「うちは杉本雫」

「杉本さん。わかった」

名前を聞いてもピンと来ないらしい。まあ、そりゃそうだな……。

「平日はだいたいこのくらいの時間にはここに来るから」

毎日じゃないけど、ほぼ毎日。バイトが休みの日はちょっと時間変わるけど、まあだいたい。

「わかった」

何が「わかった」なのかよくわからなかったが、それから、なんとなく会ったら挨拶などして立ち話をしたりするようになった。ぶたぶたの引っ越しは来月。具体的な日付もわかった。いいのか少年、個人情報をべらべらしゃべって。こっちは助かるけど。

助かるって言ったって、何もしてないんだけど。

あと、ぶたぶたの娘という女の子のことも知った。

「ほら、あの子が山崎さん」

憲治が指差す先の女の子の顔に憶えはない。ていうか、ぬいぐるみの娘なのに、普通の人間なのね……。

同級生の女の子の引っ越しに落ち込んでいる少年、という図式では、どうしても恋愛が絡んでいるのでは、と妄想《もうそう》してしまう。ぶたぶたがいなくなることを悲しんでいながら、実は——というのは物語では定番の展開だが、彼の場合は関係ないように見える。娘さんを見る彼のまなざしに一切切《せつ》なさはないし、

「あ、深町くん」

と気づかれて声をかけられても、特にあわてた様子もなく、

「山崎さん、これから塾《じゅく》？」

とか普通に話している。お父さんとはだいぶ態度が違うな。この女の子がもし憲治のこと好きだったら——とつい想像してしまうが、やはりそんな空気は流れていない。もちろん、自分の見立てに自信があるわけじゃないけど。

「この人、杉本さん」

マスクにメガネ、帽子という怪しい姿の雫を紹介までしてくれた。

「こんにちは」

ペコリと頭を下げる。礼儀正しく賢《かしこ》そうな子だった。

「じゃあ、バス来るから、またね」

「うん」

バスへと急ぐ彼女の後ろ姿を目で追いながら、雫は憲治に声をかける。

「ねえ」

「何？」

「あの子ともっと仲良くなっとけばいいんじゃない？」

たとえば、つきあっちゃうとか。ってそこまでは言えないが。

しかし彼は言う。

「山崎さんとはもう友だちだから」

それ以上、どうしろと？ みたいな顔をして。

「まあ、そうね」

そういう下心《したごころ》って、たいていうまくいかないものだ。

「ぶたぶたさんにどう言うか決めたの？」

本屋の前で再会した時から、何か進展《しんてん》があったとか、そういう話にはならない。どうも、はぐらかされてるようだ。それを言うなら、お互いさまなんだけど。今の質問は、自分にもしている。家のぬいぐるみたちが、最近毎日してくるみたいに。

「……決めてない」

「だよね」

「杉本さんは？」

「は？　うち？」

うちが何？

「杉本さんもぶたぶたさんに話しかけたいんでしょ？」

「え!?」

そんなことひとことも言ってなかったのに。気づかれていたのか。

「なんでそんなこと思ったの？」

「いや……杉本さん、俺の気持ちけっこうズバズバ言い当てたから、もしかして同じ気持ちなのかなって」

ぼんやりしているようで勘はいい。

「ま、まあ、そんなようなものよ」

ごまかしたようでいて、ほぼ肯定している。自分はやっぱり素直じゃないのだ。

「でも、話しかけてないんでしょ？」

「そうねー……」

「そうかー……」

二人で一瞬暗くなる。

「一人でできないのなら、いっそのこと、二人で一緒に話しかけるってどう？」

憲治が言う。

「そうだね……」

そうしてしまうのも手だ。つまり、告白と同じ。ベタでまっすぐで、真正面からの告白が、結局のところ傷が浅くて済む。……と本に書いてあった。告白なんかしたことないし、その勇気がないから困ってんのにねー。

「二人ならできると思う？」

憲治にたずねると、彼はうーんとうなる。雫もつられて考え込む。どうもまだ二人とも、心の準備ができてなさそう。

「もうちょっと考えた方がよさそう……」

憲治の返事に、雫もうなずく。二人ともヘタレだなあ、と思いながら。

5

ぶたぶたの引っ越しが間近に迫ってきた。

憲治は、いまだに手紙を渡す勇気もないし、文面も考えられなかった。

このまま、結局何もしないまま終わるのかも。けどそれって、いつもの自分と同じだ。

波風立たず、何も変わらず、いつもと同じ。

「それもまたいいんじゃない？」

って恭敏と律は言うけれど。

そんなある日、クラスの女の子からこんな話が回ってきた。

「山崎さんに、プレゼント渡そうって」

ヒソヒソとそんなことを言う。

「それは仲良しの子たちと先生が選ぶって。足りないお金も先生が出してくれるから、一人百円くらい出したい人は出してって言ってたよ」

「え？　どんなの？」

「ふーん、わかった」

憲治が百円を渡すと、彼女は山崎さんと仲良しの女の子のところへ行く。

そうか——プレゼント。

ぶたぶたにプレゼント渡したらどうだろう。手紙は書けそうにない。だが、憲治は何かしたかった。

どんなものをあげればいいのかな？


その夜、憲治は祖父に訊いた。

「大人の男の人って、何もらうとうれしいの？」

「え？　そうだなあ……お酒とか？」

にこにこしてそんなことを言う。

「それっておじいちゃんがうれしいものでしょ？」

祖父は毎日の晩酌《ばんしゃく》を欠かさない。

「え、あ……そうだな。でも、お酒飲む人なら、喜ぶと思うけど」

「そうなんだ」

ぶたぶたは飲む人なのだろうか。ぬいぐるみだし、大人に見えないし、お酒飲めるとはとても思えない。

けど、山崎さん、こんなこと言ってたな。

「お父さん、ビールと日本酒どっちが好きなの？　って訊いたら、『決められない』って言ってた」

なんでそんな話になったのか憶えてないけど、それってやっぱりビールも日本酒も飲むってこと……？

プレゼントはお酒にしてみようかな……。

しかし、早々に壁にぶつかる。近所で買ったらすぐに祖母に知られてしまう、と悩んでいたけど、そういう問題じゃなかった。そもそも憲治は未成年だから、お酒が買えないのだ。誰か成人している人に買ってもらわないといけない。

じゃあ、他のもの——と思っても、何も浮かばない。大人の男性へのプレゼント……腕時計とか。でもそれって高級じゃないと意味ない気が。そんなお金ない。ネクタイ……？　でもしてるの見たことないし。

ええと……もう何も出てこない。

やっぱりお酒か。

そうなると——頼めるのは一人しかいなかった。


「え、うちについてきてほしい？」

杉本さんは驚いたような声を出した。

「うん。杉本さんって成人してるよね？」

「……いくつに見えてんのよ」

歳を訊く勇気はなかったけど、多分二十代の半ばくらい？

「ぶたぶたさんが下戸《げこ》だったらどうすんの？」

「それはないみたいだよ」

山崎さんが言っていたことを説明する。

「ふーん。じゃあ、日本酒の小さな瓶《びん》のやつとか、いいかもね。値段も手頃なのあるし」

「隣の駅とかで買いたい。駅ビルあるし」

人が多いところの方が目立たないし。

「いいんじゃない？　確か大きなリカーショップあったよね」

リカーショップってなんだ？　と思ったら、酒屋さんのことだった。

次の日の放課後、隣の駅で待ち合わせて、そのリカーショップってところに行く。大きなスーパーみたいなところで、普通に食料品も売ってる。これならただの買い物みたいに憲治もお酒が買えそうだけど、やはりそれは無理。

貯《た》めたおこづかいで買える値段のお酒を、杉本さんが選んでくれる。小さい瓶で、日本酒というよりワインみたいだった。

「かわいすぎない？」

「そうかな。でもぶたぶたさんがかわいいから、いいんじゃない？」

まあ、そうか。見た目よりも中身がおいしければいい気がする。

ラッピングをしてもらい、紙袋に入れてもらったものを、杉本さんが渡してくれる。

「おうちの人に見つかったら、正直に言いなさい。うちの忘れ物とかって言ってもいいけどさ」

「うん、ありがとう」

「プレゼントなんて、よく思いついたね」

「うん……クラスで山崎さんにあげるっていうから」

「あんた、偉いよ。手紙も書こうとしてたじゃん」

「……あれ、書いてないよ。全然文が浮かばなくて」

「でも、渡そうとしてたじゃん」

書いてない手紙を渡そうとするのは、かなりおバカな行為だと、あとから思ったけど。

「うちもぶたぶたさんにプレゼント贈ろうかな」

ぼそっと杉本さんは言う。

「いいと思うよ。何贈るの？」

「じゃあ、ちょっとつきあってよ」

杉本さんと駅ビルの中の文房具屋さんへ行く。

「やっぱり本に関するものかなって」

わー、さすが読書家。憲治には思いつかないプレゼントだ。

杉本さんは、文庫のカバーと金属の栞《しおり》を選んだ。色味や材質が渋い。かっこいい。

「うちが文庫カバーであんたがお酒って、なんだか逆みたいだよね、選ぶもの」

確かに。リカーショップって言葉も知らなかったのに。はっ、よく考えたらお酒、飲めないからおいしいかわからない！　まずかったらどうしよう！　お店の人は「とてもおいしいですよ」と言っていたけど！

ちょっと焦って杉本さんに言うと、

「いいじゃん、わざわざ選んだんだから」

そうかな。そうかも。多分、ぶたぶたは何をあげても喜びそう……。そんな気はする。

「そろそろ帰る？　お茶くらいおごってあげるよ」

カフェでお茶なんて家族以外でしたことない。少し照《て》れくさい。でも、

「ちょっとだけなら――」

おしゃれでキラキラなカフェとかに行くのかな、と思ったら、渋い「喫茶店」という

感じのお店へ入っていく。

「パンケーキがおいしいんだよ」

「へー!」

「食べてもいいよ」

そう言われて憲治は悩む。絶対に夕飯に影響する。いや、大きさわからないし、けっこう平気かも……。

店は少し混んでいて、少し待たなくちゃならないらしい。その間にゆっくり悩もう。

椅子に二人で座って待っていたら、杉本さんが変な声を出した。

「何?」

「ぶたぶたさんがいる……」

「え、どこどこ?」

指差す方を見ると、窓際の席に座っていた。椅子にクッションが置いてある。映画館で使う子供用のみたいなの?

「男の人と一緒だ」

へえ、誰だろう、と思ってぶたぶたの向かい側に目をやると——。

「……お父さん？」

「誰の？」

「僕の」

「えっ⁉」

杉本さんがあわてて口を押さえる。

父が、ぶたぶたの向かいに座っていた。どうして？

二人に杉本さんの声は届かなかったみたいだ。父は楽しそうに笑っている。ぶたぶたもそんなふうに見えた。まるで、友だち同士みたいに……。

憲治は立ち上がる。

「……ごめん、帰ってもいいかな」

「いいよ」

そのまま店を出た。杉本さんもついてくる。

「いいのに」

「うちも帰るよ」

何を言ったらいいのかわからず、そのまま二人で電車に乗った。並んで座れたけど、何も話す気になれない。

なんで父は、ぶたぶたに会っていたんだろう。そんな疑問がぐるぐる頭を回る。いつから知り合いなんだろう。祖父母も知っているんだろうか。

でも、憲治はぶたぶたの話を、杉本さん以外としたことがない。憲治の気持ちは、家族も知らないのだ。そりゃそうだ、黙っていたんだから。

黙っていたといえば、単身赴任《たんしんふにん》先から戻ってきたってことも聞いてない。帰る日のこと、聞いたかな？　いや、多分聞いてない。なんで知らせてくれないの？　家には帰る予定はなかったから？

直接訊けばいいのかもしれない。

それとも、今までどおり何も言わないか。

憲治はぶたぶたへのプレゼントを胸に抱えて、悩み続けた。

杉本さんは何も話さなかった。でもそれで気まずくなることはなかった。駅に着くと、

「じゃ！」

と言って去っていく。

「つきあってくれて、ありがとう」

そう彼女の後ろ姿に言うのが精一杯だった。

家に帰って宿題をやっていると、何やら階下《かいか》が騒がしい。

すぐに部屋のドアが叩かれ、

「けんちゃん、下に降りてきて！」

と祖母の声がした。

憲治はすぐに行く気になれなかったが、仕方なく椅子から立ち上がり、部屋を出ると、ちょうど父が階段を登ってきたところだった。

驚いたふりをしなきゃ、と思ったが、顔が動かない。

父はそれに気づいたのか気づかなかったのか、

「おう、憲治」

といつもと変わらない様子で言った。

今まで父は帰ってくる時、必ず連絡をくれたのだ。なんの前触《まえぶ》れもなくサプライズで帰宅とか、やっぱり父らしくない。

いつもと違うのはどういうこと？　誰かに何か言われた？

「明日、お前にスマホを買ってやろうと思って、帰ってきた。誕生日だろう?」

そうだった。憲治は明日誕生日で、十三歳になる。中学に上がったらスマホを買ってくれると言っていたけど、いつになるんだろう、忘れているのかな、とぼんやり考えていた。

「うん、ありがとう」

機械的な声だな、と感じた。続けて出た言葉も、まるで自分のものとは思えなかった。

「それで、いつからぶたぶたさんのこと知ってたの?」

6

憲治と駅で別れてから、なんとなくまっすぐ帰る気になれず、かといってどこか行きたいところもなく——足は自然と、本屋さんへ向かう。

彼は、目に見えて落ち込んでいるようだった。そりゃそうだ。接点がないと思いこんでいたのに、父親がちゃっかり仲良くしていたなんて。

いやいや、「ちゃっかり」なんて言い方はよくない。自分の気持ちが出てしまっている。彼の父親がぶたぶたと知り合いだということを誰かに言う必要なんてないんだから。おじさんとおじさんが仲良いことは何もおかしくない。むしろ普通だ。めっちゃ普通じゃないか！

でも、自分は子供っぽいので、憲治の気持ちがわかる。彼は彼なりに悩んでいる。もし親にその悩みを言ってしまえるような関係だったら？

「ああ、その人なら知ってるよ。お父さんの友だちだから、今度話してあげよう」

「ほんとっ⁉」

みたいな会話をして、実際に紹介してもらう。めでたし、めでたし。話早いな。現実は絶対こうじゃないな。

そこまで考えて、雫ははたと立ち止まる。紹介してもらえたとしたらうれしいけれども……それで実際に友だちになれるかは別問題だ。「友だちになりたい」、でも「接点がない」ということで悩んでいた我々は、前段階で延々《えんえん》と足踏みをしていたと言える。接点があっても、友だちになれるとは限らない。

憲治はそこまで気づいただろうか。何もしていない、と二人で悩んでいたけれど、実際に何かしたところで願いが叶うかどうかは別の問題なのだ。

思い描いていたアイドルにはなれなかった自分のように。

「……みません、あの……」

背後で声が聞こえて、はっと振り向く。女の子が立っていた。あれ、この子……？

「すみません、ごめんなさい」

身体を二つ折りする勢いでペコリと頭を下げる。その様子に、はっと思い当たる。

「声かけようかどうしようか悩んだんですけど……」

山崎さん⁉　ぶたぶたの娘⁉　彼女がいったいなんの用？

「杉本さん……あの、杉本雫さん……ですよね」

一瞬何を言われたのかわからなかった。下の名前は教えなかったはず。なのになんで知ってるの？

「は、はい」

「あの――」

だが続く歌のタイトルで、すべて理解した。

「この曲、大好きなんです。いつも、ずっと聞いてます」

呆然としてしまった。そんなこと言われるなんて思ってもみなかった。

「あ、ありがとう、ございます……」

カミカミでそう返事するのが精一杯だった。

「深町くんに紹介された時、もうびっくりしちゃって」

いや、うちも別の意味でびっくりしたけどね……。

「声かけたら迷惑だってわかってたから悩んだんですけど――どうしてもお礼が言いたくて」

「お礼？」

「落ち込んでる時に聞くと元気になるんです。杉本さんが作詞したんですよね」

そうかあ……。雫自身は、あの曲を聞くといろいろなことを思い出してしまうので、引退してからまともに聞いていなかった。ＰＶのＤＶＤもしまいこんでいるほどだ。今でもコンサートでよく歌われていると噂は耳にしたけれど。

落ち込んでいる人を励まそうとして書いた歌詞ではなかったが、なんかあの頃の雫には妙な勢いがあったから、それにまかせて自由に書いた歌詞だった。リリース直後もそんなことよく言われたなあ。

「こちらこそ、ずっと聞いててくれてありがとう」

ちょっと泣きそうだった。うちもあの曲を聞いたら、少し元気が出るだろうか。それともやっぱり苦い気持ちが蘇《よみがえ》るのか。

勇気を出して聞いてみようかな。

この子も、この間会った時から、ずっと悩んでいたのかもしれない。だって、引っ越しがもう決まってるんだもの。声をかける最後のチャンスかもって考えてたのかも。

みんな、勇気あるな。

そう思うと、ほんとに涙がこみ上げてくる。雫は必死で我慢した。

「じゃ、あの、し、失礼します」

山崎さんはまた頭をペコリと下げる。

「あ、ちょっと待って。この曲、どこで知ったの？」

元々グループのファンだったの？

「あのう……実は父が持ってたCDを……アルバムを聞いて、好きになったんです」

「父……」

父とは？

「ちょっと借りて聞いたら、すごくよかったから」

——つまり、ぶたぶたのこと⁉

「あの、父にはこのこと話していないんです。怒られるかもだから。ほんと、勝手に声かけちゃってごめんなさい。お元気で。じゃ、失礼します」

山崎さんは頭を下げて、走って行ってしまった。

雫は呆然と立ち尽くす。頭がついていかない。えっ、ぶたぶたが持っていた？　嘘っ！　そんなアイドルの曲なんて聞くんだ……。

いや、それよりもしかして……ぶたぶたは、雫のことに気づいていた？

血の気が引くとはこのことだった。貧血《ひんけつ》なんてなったことないけど……なんだかほんとに気が遠くなるような……。

思わず電柱《でんちゅう》に寄りかかってしまった。ちょっと深呼吸してみたり。

いやいや、そんな素振《そぶ》りは全然なかったではないか。それに、あの子は誰にも内緒で雫に声をかけたんだから。

けど、ＣＤ持っていたのはぶたぶた……。

ああ、またくらくらしてきた。

しばらく（といっても多分数秒）電柱に寄りかかって息を整《ととの》えてから、雫は歩き出した。あ、もう本屋さんのすぐ近くだったたんだ。

結局寄らずに前を通り過ぎ、そのまま家へ帰った。

夕飯は「食べてきた」と嘘をつき、部屋にこもる。お腹はほんとにすいていなかった。

あの曲は、スマホにちゃんと入っているのだが、ずっと聞かないようにしていた。ちゃんと聞くのは何年ぶりだろうか。

イヤホンをして、震える指でタップした。前奏《ぜんそう》を聞いていたら、初めて歌った時のことを思い出した。歌い切るまで泣かない、と必死だったあの日。

あの時こそが、アイドルとしての自分の頂点だった。うれしくて誇《ほこ》らしくて、無限の未来を夢見ていた頃。

なのに、歌詞が微妙にバカっぽくて、笑ってしまった。そうだった。いやなことを思い出すだけじゃなく、この未熟《みじゅく》な歌詞が恥ずかしくて、避けていたのだ。

雫は、笑いながら泣いた。今聞くと、そんなに悪い歌詞じゃない。いや、これは作曲家の力だ。歌詞の雰囲気を最大限に引き出す曲を作ってくれた。もっとお礼を言えばよかった。辞める時もご挨拶をすればよかった。それを言うなら、全方向に不義理《ふぎり》しているけれども……。

雫は、涙を流しながら、あの曲が聞けなくてしまいこんでいたＤＶＤを引っ張り出した。それを片っ端から見始める。

ぬいぐるみたちの声が聞こえる。


「雫ちゃん、かわいい」

「歌うまいね」

「歌詞とってもすてき」

「いい曲だね」


あの頃はメンバーがそう言ってくれていた。ぬいぐるみたちの言葉は、メンバーみんなで励まし合っていた時に言っていたのと似ている。

雫は、はっと気づいた。

たくさんの録画の中に、あのアイドルフェスの時のものがあった。最初に歌ったのがあの曲……。

ぶたぶたは、もしかしてこれを聞いていたんだろうか。

映像を見ても、出演の順番とかもうよく思い出せない。舞台の袖《そで》に誰がいただろう。もう無我夢中だった。大きなステージだったから……。

気がつくと、雫は歌っていた。小さな声で。

ああ、楽しい。すてきな曲だ。今、どんなふうに歌われているのかな。けっこう盛り上がりそう。振付もかわいい。

そんな世界を、手放してしまった。自分のバカな振る舞いのせいで。

ぶたぶたは、雫のことをいやな奴だとわかっていたのかもしれない。憶えていなくても悲しいと思っただろうが、あの態度の悪さを記憶していても悲しい。

それが、ぶたぶたに声をかけられなかった本当の理由だと雫は思い当たった。もし関係者から何か聞き及んでいたら、軽蔑《けいべつ》しているかもしれない。

そんな人から好かれるなんて、ありえない。それくらい、わかる。

雫のことを好きだと言ってくれたぶたぶたの娘だって、パワハラしていたことを知ったら、きっと嫌いになってしまうだろう。

誰の悪口も言わない、誰からも好かれるアイドルになりたかった。自分がそんな「本物」になりたかった。

でも、うちは「本物」を下手に真似るのが精一杯の人間だった。

その夜、雫はずっと泣いた。いろんな気持ちが押し寄せてきた。それを受け止めきれなかった。ほとんど眠れず、くり返し歌を聞いたり、映像を見続ける。

朝になって、顔はパンパンに腫《は》れていたけれど、気持ちはなんだか穏《おだ》やかになっていた。

あの曲を好きと言ってくれた人がいる。その思い出が自分を支えてくれる。

これからはそれが、自分のお守りになるのだ。

次の日、憲治とまた本屋で会う。すると、なんだか思いつめたような顔で、こんなことを言った。

「今日は、ぶたぶたさんに声をかける」

雫は驚いた。

「うちも同じこと、君に言おうとしてた」

ぶたぶたに訊きたいことがあったから。もう変なプライドもなくなっていた。

「じゃあ、つきあって」

雫はうなずく。

その日は、ぶたぶたの好きな作家の新刊の発売日だった。彼は本屋さんに予約しているはず。雫も次の日に同じ本を買う。読んでいるうちにハマった作家だった。

夕方、ぶたぶたが本屋さんにやってくる。新刊を買って、出てくるのを待った。

そして、彼が再び店の前に現れた時、いつも遠くから見ているだけだった雫と憲治が、彼の前に立った。

「あの、こんばんは！」

憲治が言う。挨拶は欠かさないのね。

「お話があります！」

……なんか堅苦《かたくる》しい言い方だな。

「うちも訊きたいことがあるんです」

雫も言う。

ぶたぶたは驚くかと思ったが、特にそういうところもなく、二人を見比べるように顔を動かすと、

「じゃあ、そこのカフェに入りましょうか」

と隣のお店を指差して（？）言った。

カフェでは、当然のように店員さんがクッションを持ってきた。ぶたぶたはそれをお尻の下に敷《し》く。

ここ……雫のお気に入りの洋菓子店だ。シュークリームをよく買うが、お茶を飲むのは初めて。読書するのによさそうなすてきな空間だ。

憲治は緊張している。入ったことがあるかないかはわからないが、それどころではなさそう。

「ケーキとかおいしいですよ。食べます？　憲治くんは？」

そうすすめてくれたが、雫は断った。おいしいから余計にこういう状況では食べられない。憲治は、

「食欲ないから、いいです……」

そう言って、オレンジジュースを注文する。雫は紅茶を頼んだ。ぶたぶたはアイスコーヒー。

ていうか、何か食べたり飲んだりするんだ……。

みんな飲み物ばかりだったので、すぐに注文の品がやってきたのはいいが、雫も憲治もぶたぶたがアイスコーヒーを飲む様子にあっけに取られてしまった。何しろコーヒーだから黒い。お腹も同じ色にならないの——の前に、吸えるのか、という問題が。

「それで、お話ってなんでしょう？」

こっちの注目に気づいているのかいないのか、ぶたぶたが言う。

憲治の、

「杉本さん、先にどうぞ」

そんな言葉に、うなずく。そして、単刀直入《たんとうちょくにゅう》に、

「あの、ぶたぶたさんは最初からうちのことわかってたんですね？」

と言った。

ぶたぶたの表情はちょっと読めなかったが、

「そうですね」

一応肯定《こうてい》した。しかし、

「うちも憶えてました、ぶたぶたさんのこと」

そう言うと、

「え、ほんとに？」

と驚く。

「ほんとに。日向《ひなた》れみさんの『ボディガード』だったでしょ？」

「えーっ⁉」

彼は本気でびっくりしているようだった。そうかもしれない。あの時の彼は、彼女の衣装の一部にすぎなかったんだから。ひとことも話さないし、動きもしなかった。目立つことは一切しなかったんだから。

憲治はキョトンとしたまま、こっちを見つめていた。日向れみって名前は知ってるのかな？　今は売れっ子ミュージカル俳優《はいゆう》だから。

「いつからうちに気づいてたんですか？」

「最初に本屋さんで見かけた時から」

なんと。話す前から気づいていたのか。

「引退されたと聞いたので、ずっと知らないふりをしていました」

ボディガードってほんとにそういう仕事をしていたんだろうか。アイドルはストーカー被害など頻繁にある。雫も短い期間だけれどつきまとわれた。ぬいぐるみだから、相手に対して脅《おど》しにはならないだろうが、一緒にいてくれるだけで心強かっただろうな。

「うちの曲、聞いてくれてたんですね」

「あっ、そうなんです。あの時聞いて、『いい曲だな』って思ったんで、アルバム買いました」

いい曲だね。

昨日そう言ってくれたうちのぬいぐるみたちのことを思う。本物じゃない、なんて言っていたけど、彼女たちの言葉は自分の言葉だ。でも昨日の言葉は、虚しい気持ちをなぐさめるためのものじゃない。雫が本当に思っていたことだった。

それだけは、「本物」だ。

「ありがとうございます」

雫は心からお礼を言った。

でも、まだすべてを打ち明けていなかった。「友だちになってほしい」と言うより勇気がいることだ。彼は娘とともにもうすぐ引っ越してしまう。もうこんなふうに会えないだろう。

だから、最後に。

「アルバムに、サインしましょうか？」

ぶたぶたの点目が輝いたように思えた。

「ほんとですか？　ありがとうございます。娘もとてもこの曲、好きなんですよ。きっと喜びます」

雫は、山崎さんがあの時、アルバムを握りしめていたことも気づいていた。本当はサインしてほしかったのかもしれない。でも、アルバム自体はお父さんのものだし、こっちに遠慮もあったのだろう。

勇気はあるけど、こちらのことを思いやって迷って、結局アルバムを差し出すことができなかった女の子。

まるで昔のうちみたい。あこがれのアイドルにサインをもらうまで、どれだけ悩んだか。

そんな気持ちをぶたぶたを見るたび思い出していたんだ。友だちになりたかったわけじゃない。なりたいけど、それはどうしても叶えたいことじゃなかった。

昔の自分みたいに素直になりたかっただけなんだ。

「いろいろ言われていたことは、本当なんです」

ようやく雫は言うことができた。

ぶたぶたの表情は相変わらず読めなかったが、

「聞いてます」

とだけ彼は言う。さっきまでと変わらない口調で。

「娘に訊かれたことがあるんです。すべてを知っているわけじゃないから、嘘か本当かは言いませんでした。娘はモヤモヤしていたみたいだったけど、それでも好きなら、その気持ちを大切にしてもいいって言いましたよ」

彼女は納得して、会いに来てくれたんだ。

雫は、あふれ出しそうな涙を、ごまかすようにごしごし拭いた。また昨日のように止まらなくなってしまう。

でも、この気持ちを失わないようにしたかった。もう二度と過ちを犯さないために。

誰のことも傷つけないように。

7

憲治は二人の会話の半分もわからなかった。でも、杉本さんの顔がなんだか前より穏やかになっているような気がした。

日向れみってちょっと聞いたことある。恭敏がハマっているアニメがミュージカルになって、そのヒロインを演った人。でも、それ以上は知らない。ボディガードって映画？　テレビで前にやってたけど。

なんかアルバムにサインとか言ってるけど？　卒業アルバム？

「ほんとにありがとうございました」

杉本さんが頭を下げる。

「いえいえ、こちらこそ。アルバム、今度持ってきます」

ぶたぶたはなんだかうれしそうだった。

「憲治くん、ごめんね。どうぞ」

杉本さんが言う。え、話終わったの？

ちょっと緊張するが、昨日からイメージトレーニングしてきた。だからなのか、するっと言葉は出てきた。

「あの……ぶたぶたさんは、うちの父と友だちなんですか？」

そしたら、

「うん」

ぶたぶたは、本当に普通にそんな返事をした。

「いわゆる『パパ友』ってやつだよ」

父もそう言っていた。こっちに引っ越してきてすぐの授業参観の時、憲治はぶたぶたの記憶しかなかったけれど、あの日は父が来ていたのだ。誰も来ていないと思い込んでいたのは、父は授業が終わるとすぐに仕事に戻ったから。

そのあと単身赴任になったので、父が授業参観に来たのは、その時が最初で最後だったらしい。母と離婚する前も来たことがなかった。

その授業参観の時に声をかけられて、ぶたぶたと連絡先を交換したという。彼は、保護者の取りまとめみたいなことをしていたのだそうだ。

保護者たちのSNSでポツポツと連絡を交わし続け、ぶたぶただけでなく他の保護者の人たちにも相談に乗ってもらっていた。

「息子とどう接すればいいのかわからない」と——。

父はそんな話を昨日してくれた。

「本人に直接言えばいいのに」

思わずそんなことを言ってしまった。サプライズを企画すれば喜ぶのではないか、とレトロな喫茶店でぶたぶたに言ってみたら、同じようなことを言われたらしい。スマホはうれしいけど、サプライズってあまり好きじゃないな。

「憲治くんのことをよく楽しそうに話してるよ」

そのまま言えばいいのに。とさらに思ったけど、そんな簡単なことじゃないって今ならわかる。

「ちゃんと父親をやりたかった。ぶたぶたさんみたいな」

父はそんなことを言って、恥ずかしそうにうつむいた。

憲治も、ぶたぶたみたいなお父さんがいたら、と考えたことがある。でも、彼は違う。山崎さんのお父さんだ。

だから、友だちになりたい、と思ったのかもしれない。

父が憲治に何も言えなかったのと同じように、憲治だって言えなかった。ぶたぶたへの手紙が書けなかったのなんて当たり前だ。本当に手紙を書くべきだったのは、父だった。

「自分から何か話すのは難しいかもしれないけど、そんなにたくさん話す必要はない、本当に話さなきゃならないことだけでいいってお父さんにも言ってるんだよ」

そうかもしれない。自分の本当の気持ちがわかれば、それを伝えるだけでいいんだろう。

わかれば、なんだけど。

「そう考えるのと考えないのとでは、全然違うってことだよ」

父の話だったのに、ぶたぶたは憲治に対して言っているみたいだった。

「……うまくできなくても？」

「うまくできなくて当たり前でしょ？　親子だって全然違う人間なんだよ。最初からうまくできる人なんて、いないよ」

隣で杉本さんが噴き出した。

「大丈夫。うちもまだ全然うまくできないから」

「それってちっとも安心できないんだけど」

ぶたぶたと杉本さんが笑い出した。杉本さんなんか、涙まで流している。まったく……こっちは真剣に悩んでるのに。

でもなんか、ほっとしていた。父にもぶたぶたにも「話さなきゃならないこと」が言えたからかも。今まで胸につかえていたものが、なくなったみたいだった。急に食欲が出てきた。

「ケーキ食べようかな」

「あっ、いいねえ！　ぶたぶたさん、おすすめは？」

「シュークリームですね」

「やっぱり！」

杉本さんもちょっとテンション上がってきた。

「ピスタチオのムースもいいですよ」

「あっ、うちそれにしようかな、食べたことないし」

「じゃあ、僕はシュークリーム」

ぶたぶたはいちごのショートケーキを頼んだ。なんていちごが似合うんだろう。

三人でケーキを食べ終える頃には、憲治も笑えるようになっていた。

山崎家が引っ越す当日、憲治は杉本さんと一緒にプレゼントを渡しに行った。

ぶたぶたはとても喜んでくれる。

「大人っぽいもの選ぶね！　これとてもおいしいお酒だよ」

じゃあ、いつか父と飲める日も来るのかな。名前憶えておこう。

杉本さんはなぜか、山崎さんへもプレゼントを持ってきていた。それを受け取って、山崎さんは顔が真っ赤になっていた。こんな笑顔、見たことない。

何者なの、杉本さん!?

「お父さんが、『なんで僕が曲聴いてるって知ってたんだろう？』って言うたびにひやひやするんです……」

「あー……謎のままにしとこうよ」

「あのー」

二人の間に割り込む。

「杉本さんってどういう人なんですか？」

言い方にもう少し工夫が必要とわかっていながら、問わずにいられない。

「知らないの⁉」

山崎さんがびっくりしたような顔をする。

「いや、知らなくても全然不思議はないよ」

それって知っている人もいるってことだよね？　山崎さんみたいに。

ぶたぶたも知ってたんだろうか。あの時の会話ってそういうこと？

「謎のままにしとこうよ」

杉本さんは同じ言葉をくり返した。

「えー」

「まあ、ググればすぐに出てくるけどさ」

杉本さんはそう言って、ちょっとため息をついた。

「じゃあ、検索してみる」

と買ってもらったばかりのスマホを取り出すが、なぜかためらわれる。この間、カフェで泣き笑いしていた杉本さんの顔が浮かんだ。二人で買い物した時、帰りの電車で何も言わなかった横顔も。

とりあえず、それだけ知ってればいいかな、と憲治はスマホをしまった。

「そろそろ出発するよ」

とぶたぶたの声がする。

山崎さんと妹が後部座席に乗り、お母さんは助手席、ぶたぶたは運転席だ。

「それじゃあ、どうもありがとう」

「こちらこそ」

「またねー」

山崎さんとは連絡先交換してあるし、ゲームのフレンドにもなってる。みんなで遊ぼうねって約束している。

山崎家の車が行ってしまったあとには、呆然としている杉本さんが。

「車の運転、できるの⁉」

「あー、ぶたぶたさんが？　うん」

乗せてもらったこともある。

「奥さんともう一人子供も！」

これは、さっきから叫ぶのを我慢してたっぽい。普通に挨拶してたけどね。

「うん」

「どうやって運転してるの⁉」

憲治はニヤッと笑って、こう言った。

「謎のままにしとこうよ」

あとがき

お読みいただきありがとうございます。矢崎存美です。

だいぶお待たせいたしました。ぶたぶたシリーズの新作をやっとお届けです。

ぶたぶたの新作、だいたい夏と冬の年二冊というペースでずっと出してきました。

しかし前作『ランチタイムのぶたぶた』を出したあたりから、少し体調を崩してしまいまして……。

とはいえ、大病ではなく、日々の不調と言いますか——体力的にも精神的にも、いろいろと余裕のない状態になってしまいました。

それは今も続いておりまして、好転するかどうかはまだわからず。何しろきっかけもないので、何をやれば治るというものでもなく……無理というか、疲労の積み重ねでしょうかね。

まあぶっちゃけ、「歳のせい」で疲労回復が追っつかないのです。特に、脳の疲労ですね。回復させるための体力がこんなに必要だったなんて、知らなかったわー。

いやいや、知らなかったわけじゃない。わかっていたはずなのに――覚悟していたはずなのに、いざ目《ま》の当たりにすると「準備するなんて絶対無理じゃん！」ってしか思えない。

『ランチタイムのぶたぶた』と『ぶたぶたのお引っ越し』の間に、『あなたのための時《と》空《き》のはざま』（ハルキ文庫）っていうタイムトラベルものを書いたのです。自分に戻りたい過去はないな、とは思いましたが、若い頃の自分に会えるのなら、「体力つけとけ！」とは口を酸《す》っぱくして言いたい。頼れるものとしての汎用性《はんようせい》はお金の方が高いですけれど、これは若くても歳をとってもないから、とにかく次に頼れるのは体力だと伝えたい。

けどまあ、そう言われても何もしないな……。今までだって誰からも何も言われてないわけじゃないのに、それでもこうなっちゃったわけだし。周囲の人のことを見ていたつもりだったけど、いざ自分に置き換えると何もできないものですね。自分は例外になるんじゃないか、と傲慢《ごうまん》にも思っていた——というより、単にめんどくさかっただけです。「体力をつける」前に、「めんどくさいという気持ちに打ち勝つ方法」を学ぶ方が重要かもしれない。いや、これもたいがい大変ですよ。「めんどくさい」はなかなか業《ごう》が深い……。

しばらく体調を見ながら、少しゆっくりめに仕事をするしかないかな、と思っております。ぶたぶたも出すペースが遅くなるかもしれませんが、待っていてくださるとうれしいです……。長い目で見て……なんかいつも言っているような気がするけど……。

さて、今回のテーマは「引っ越し」です。

引っ越し——私も人並みにしています。が、引っ越しの「人並み」ってなんなのかしら？　生まれてから一度も引っ越さなくたって別に変ではないし、何度も引っ越しするって人もけっこういますよね。

引っ越ししたくてする人もいれば、必要にかられてする人もいる。

私は後者の方です。できればしたくない方。しかし、実家から一人暮らしのアパートへ、そこが風呂なしだったので風呂ありのところへ、結婚して新居に、夫の地元へ、そして今の家へと五回ほど引っ越しています。

一番大変だった引っ越しは、今の家に引っ越した時かな。引っ越し先自体は徒歩で五分も離れていない距離だったんですよ。歩いてちまちまと荷物運べるくらいで、業者に頼んだのは残った大きな荷物のみ、というリーズナブルな引っ越しだったのですが、何しろ体調が今と変わらないくらい悪くて。その上、夏から荷物の処分や荷造りしていたので暑さにやられ、〆切も重なって、もう思い出したくもない——ということは、『ぶたぶたと秘密のアップルパイ』のあとがきにも書いてます。

でも実は、この引っ越しの真の大変さは落ち着いてからわかったのであった。『〜アップルパイ』のあとがきに「勢い余って捨てちゃいけないものも捨てちゃったようにも思いますが」と書いてありますが、そのとおりになりました。あとから「なんで捨てちゃったんだろう」と思って、買い直した本が多数あり。体調悪い時の断捨離《だんしゃり》はするもんじゃありません。でも、引っ越しじゃやらざるを得ないし……。

もう引っ越しはしたくないけど、体調のよい時に引っ越しするつもりの断捨離はしたいです。結局、私の人生で荷物をちゃんと整理できる時って、引っ越ししかなかったからねえ。

とはいえ、断捨離も引っ越しと同じくらいつらい作業……。
今回の手塚《てづか》リサさんのカバーみたいに、ぶたぶたが手伝ってくれるといいな。絶対早く終わるでしょ。

今回はいつにも増してご迷惑をおかけしました。全方向に土下座したい。手塚さんも編集さんも振り回してしまいました……。ごめんなさい。

手塚さんのカバーイラスト、ダンボールがメインなのに、なぜか色鮮《あざ》やかなのですよね。荷物を片づけたあとのお部屋が想像できます。ありがとうございます！

あ、それから最後の短編（中編？）「友だちになりたい」なのですけど、これは『ぶたぶたの花束』（徳間文庫）に収録《しゅうろく》されている短編「ボディガード」のスピンオフです。読んでなくても全然大丈夫なのですが、こういうのはちゃんと書いておかないといけない、と心を改めたのです……。

ところで、『ランチタイムのぶたぶた』のあとがきで私、こんなこと書いてました。
「ワクチンの接種《せっしゅ》も始まって、終わりというか、落ち着く兆《きざ》しも出てきています（日本では、ですが）。この本が出る頃、あるいは来年の今頃は、もっともっと変わっているはず」

すみません、大嘘でしたね。全然変わってないです……。いや、変わってはいますけど、「落ち着く兆し」にはまだ遠い。しかも、戦争まで起こってしまって……世間の空気はまだまだ重い。

このまま続いてしまうのでしょうかね……。

——っていうのが、次のあとがきで「はずれてました！」と言いたいものです。いや、ぜひそうなってほしい。そうなってると信じたい。世間の空気が明るいと、ストレスも少し減るものです。体調もよくなっててほしいな。

光文社文庫

文庫書下ろし
ぶたぶたのお引《ひ》っ越《こ》し
著 者　矢《や》 崎《ざき》 存《あり》 美《み》

2022年5月20日　初版1刷発行

発行者　鈴 木 広 和
印 刷　萩 原 印 刷
製 本　ナショナル製本

発行所　株式会社 光 文 社
〒112-8011　東京都文京区音羽1-16-6
電話 (03)5395-8149　編 集 部
8116　書籍販売部
8125　業 務 部

落丁本・乱丁本は業務部にご連絡くだされば、お取替えいたします。
ISBN978-4-334-79292-3　Printed in Japan

組版　萩原印刷